国际大奖小说
国际安徒生奖提名

"狗鼻子"莫里茨

[奥]米拉·洛贝 / 著

陈 琦 / 译

Moritz mit der Hundenase

天津出版传媒集团
新蕾出版社

图书在版编目 (CIP) 数据

"狗鼻子"莫里茨 /(奥) 米拉·洛贝著；陈琦译
. -- 天津：新蕾出版社, 2024.4
（国际大奖小说）
ISBN 978-7-5307-7725-1

Ⅰ. ①狗… Ⅱ. ①米… ②陈… Ⅲ. ①儿童小说-长篇小说-奥地利-现代 Ⅳ. ①I521.84

中国国家版本馆 CIP 数据核字(2024)第 011733 号

ⓒ Copyright 1980 by Verlag Jungbrunnen Wien
Simplified Chinese translation copyright ⓒ 2024 by New Buds Publishing House (Tianjin) Limited Company arranged with Verlag Jungbrunnen through Beijing Star Media
ALL RIGHTS RESERVED
津图登字:02-2021-237

书　　名	:"狗鼻子"莫里茨　"GOU BIZI" MOLICI
出版发行	:天津出版传媒集团 新蕾出版社
	http://www.newbuds.com.cn
地　　址	:天津市和平区西康路 35 号(300051)
出 版 人	:马玉秀
电　　话	:总编办(022)23332422
	发行部(022)23332351　23332679
传　　真	:(022)23332422
经　　销	:全国新华书店
印　　刷	:天津新华印务有限公司
开　　本	:880mm×1230mm　1/32
字　　数	:70 千字
印　　张	:6
印　　数	:1—10 000
版　　次	:2024 年 4 月第 1 版　2024 年 4 月第 1 次印刷
定　　价	:28.00 元

著作权所有，请勿擅用本书制作各类出版物，违者必究。
如发现印、装质量问题，影响阅读，请与本社发行部联系调换。
地址:天津市和平区西康路 35 号
电话:(022)23332677　邮编:300051

一辈子的书

◎ 梅子涵

◆亲近文学◆

　　一个希望优秀的人,是应该亲近文学的。亲近文学的方式当然就是阅读。阅读那些经典和杰作,在故事和语言间得到和世俗不一样的气息,优雅的心情和感觉在这同时也就滋生出来;还有很多的智慧和见解,是你在受教育的课堂上和别的书里难以如此生动和有趣地看见的。慢慢地,慢慢地,这阅读就使你有了格调,有了不平庸的眼睛。其实谁不知道,十有八九你是不可能成为一个文学家的,而是当了电脑工程师、建筑设计师……可是亲近文学怎么就是为了要成为文学家,成为一个写小说的人呢?文学是抚摸所有人的灵魂的,如果真有一种叫作"灵魂"的东西的话。文学是这样的一盏灯,只要你亲近过它,那么不管你是在怎样的境遇里,每天从事怎样的职业和怎样地操持,是设计房子还是打制家具,它都会无声无息地照亮你,使你可能为一个城市、一个家庭的房间又添置了经典,添置了可以供世代的人去欣赏和享受的美,而不是才过了几年,人们已经在说,哎哟,好难看哟!

谁会不想要这样的一盏灯呢?

◆ **阅读优秀** ◆

文学是很丰富的,各种各样。但是它又的确分成优秀和平庸。我们哪怕可以活上三百岁,有很充裕的时间,还是有理由只阅读优秀的,而拒绝平庸的。所以一代一代年长的人总是劝说年轻的人:"阅读经典!"这是他们的前人告诉他们的,他们也有了深切的体会,所以再来告诉他们的后代。

这是人类的生命关怀。

美国诗人惠特曼有一首诗:《有一个孩子向前走去》。诗里说:

>有一个孩子每天向前走去,
>
>他看见最初的东西,他就变成那东西,
>
>那东西就变成了他的一部分……

如果是早开的紫丁香,那么它会变成这个孩子的一部分;如果是杂乱的野草,那么它也会变成这个孩子的一部分。

我们都想看见一个孩子一步步地走进经典里去,走进优秀。

优秀和经典的书,不是只有那些很久年代以前的才是,只是安徒生,只是托尔斯泰,只是鲁迅;当代也有不少。只不过是我们不知道,所以没有告诉你;你的父母不知道,所以没有告诉你;你的老师可能也不知道,所以也没有告诉你。我们都已经看见了这种"不知道"所造成的阅读的稀少了。我们很焦急,所以我们总是非常热心地对你们说,它们在哪里,是什么书名,在哪儿可以买到。我就好想为你们开一张大书单,可以供你们去寻找、得到。像英国作家斯蒂文生写的那个李利一样,每天快要天黑的时候,他就拿着提灯和梯子走过来,在每一家的门口,把街灯点亮。我们也想当一个点灯的人,让你们在光亮中可以看见,看见那一本本被奇特地写出来的书,夜晚梦见里面的故事,白天的时候也必然想起和流连。一个孩子一天天地向前走去,长大了,很有知识,很有技能,还善良和有诗意,语言斯文……

同样是长大,那会多么不一样!

◆自己的书◆

优秀的文学书,也有不同。有很多是写给成年人的,也有专门写给孩子和青少年的。专门为孩子和青少年写文学书,不是从古就有的,而是历史不长。可是已经写出来的足以称得上琳琅和灿烂了。它可以算作是这二三百年来我们的文学里最值得炫耀的事情之一,几乎任何一本统计世纪文学成就的大书里都不会忘记写上这一笔,而且写上一个个具体的灿烂书名。

它们是我们自己的书。合乎年纪,合乎趣味,快活地笑或是严肃地思考,都是立在敬重我们生命的角度,不假冒天真,也不故意深刻。

它们是长大的人一生忘记不了的书,长大以后,他们才知道,原来这样的书,这些书里的故事和美妙,在长大之后读的文学书里再难遇见,可是因为他们读过了,所以没有遗憾。他们会这样劝说:"读一读吧,要不会遗憾的。"

我们不要像安徒生写的那棵小枞树,老急着长大,老以为自己已经长大,不理睬照射它的那么温暖的太阳光和充分的新鲜空气,连飞翔过去的小鸟,和早晨与晚间飘过去的红云也一点儿都不感兴趣,老想着我长大了,我长大了。

"请你跟我们一道享受你的生活吧!"太阳光说。

"请你在自由中享受你新鲜的青春吧!"空气说。

"请你尽情地阅读属于你的年龄的文学书吧!"梅子涵说。

现在的这些"国际大奖小说"就是这样的书。

它们真是非常好,读完了,放进你自己的书架,你永远也不会抽离的。

很多年后,你当父亲、母亲了,你会对儿子、女儿说:"读一读它们,我的孩子!"

你还会当爷爷、奶奶、外公和外婆,你会对孙辈们说:"读一读它们吧,我都珍藏了一辈子了!"

一辈子的书。

目 录

- 1 第一章
  莫里茨感冒了

- 12 第二章
  女孩杜拉

- 23 第三章
  "狗鼻子"莫里茨

- 39 第四章
  咖啡风波

- 52 第五章
  莉亚娜小姐

- 66 第六章
  敏锐嗅觉的困扰

- 74 第七章
  斑马鱼不见了

85 第八章
莫里茨的生日

102 第九章
小偷儿"鼹鼠"

113 第十章
魔术表演

131 第十一章
车间里的流水线

142 第十二章
莫里茨被绑架

156 第十三章
划船

168 第十四章
莫里茨又感冒了

第一章　莫里茨感冒了

报纸上写着:流感暴发！每十个人中就有一个生病,打喷嚏、咳嗽、发烧、卧床不起。

邮递员莫里茨·胡纳就是这十分之一。

起初是头疼,接着他开始咳嗽、嗓子疼。发烧到 38.5 摄氏度的时候,他卧床不起了。

妈妈给他准备了椴花茶和蜂蜜牛奶,还说起了一句谚语:

"椴花茶,热腾腾,孩子喝了不生病。"

她说这句话的时候,就好像莫里茨还是个小孩子。莫里茨小

"狗鼻子"莫里茨

时候每次生病,妈妈都是这样尽心尽力地照顾他的。

莫里茨并不喜欢喝椴花茶和蜂蜜牛奶,也不喜欢听谚语和出汗。他最讨厌的就是出汗了。

小时候,妈妈会用一张又冷又湿的床单把一丝不挂的莫里茨从头到脚包起来,哭泣的莫里茨瑟瑟发抖、牙齿打战,被裹得像个粽子一样。"感冒和发烧,出汗最见效!"妈妈说着把一堆被子和枕头压在莫里茨身上,堆得像一座小山,直到他一动都不能动。莫里茨躺在"山"下直冒汗,感觉自己就像一个紧紧卷起来的牛肉卷,在自己冒出的汤汁中被焖软了。妈妈时不时地来到床边,用一条毛巾给他擦脸,顺便说上一句谚语:"汗水哗哗停不住,孩子很快就康复!""还要多久?"莫里茨一遍遍地问。妈妈总是一遍遍地说:"还要等一会儿……""一会儿"通常会是一小时或者更久。当妈妈终于给他"松绑"的时候,他会觉得全身轻快,烧也退了。"看见了吧!"妈妈会满意地说,"妈妈总是办法多,保护孩子不会错。"

多年来,妈妈都是这样照顾小莫里茨的。但现在,莫里茨已经不是小孩子了,而是一个大人,他坚决不肯再听这些谚语,更

不愿忍受出汗。虽然得了流感,因此而发烧和鼻塞,但当妈妈拿着热好的蜂蜜牛奶和湿床单进来时,他还是拒绝了。

"巴巴①(妈妈),我不喝牛奶!"他鼻子不通气,发音怪怪的。

"可是,莫里茨,牛奶能治咳嗽,床单可以帮你出汗……"

"我也不喜欢出汗,亲爱的巴巴(妈妈)!我北(每)天送信的时候都在出汗。"

"可是,莫里茨……"

"可是波(莫)里茨!可是波(莫)里茨!别再管我了,让我好好地生一会儿病吧。你可以去蓝天鹅了,北(没)有牛奶和湿床单包裹,我也会好起来的。阿——嚏!"

蓝天鹅是一家小饭店,妈妈每天中午到晚上都在那里工作。她负责招待客人,有时也在后厨帮忙。但是莫里茨生病的时候,她会立刻请几天假来照顾他。

莫里茨鼻塞更严重了。他拿了一张纸巾,这是今天上午的第二十张了,他使劲擤了擤鼻子,但鼻子还是不通气。

"我知道你是好意,亲爱的巴巴(妈妈)。"当妈妈拿着牛奶和

---

① 莫里茨因感冒鼻塞,发音不准,后同。

"狗鼻子"
莫里茨

湿床单走开的时候,莫里茨说,"请别生我的气。阿——嚏!"

第三天,有人来看望莫里茨了。邮局的一个同事把头探进了屋子里。他不敢靠近莫里茨,因为害怕被传染流感。

"嗨,莫里茨!你怎么样了?"

"阿嚏!"莫里茨又打了一个喷嚏。

"挺严重啊,是吗?别担心,你很快就会好起来的。我们已经替你把邮件送了,你负责的住户们都在询问你的情况。毛尔曼太太——那个糊涂的老太太,甚至还给邮局局长打电话投诉了。她不接受别的邮递员,只想要你过去。"

"阿嚏!"莫里茨又打了一个喷嚏。

"毛尔曼太太特别喜欢你,因为冬天的时候你帮她把取暖油搬上了楼……"

"阿嚏!"

"但局长不怎么开心。他说你违背了工作职责。"

莫里茨起身,笔直地坐在床上:"怎么违背了?我只是帮助了一个老太太,让她在零下 10 摄氏度的冬天不至于挨冻。"

同事点了点头:"局长说,另外你还帮她修好了电灯,搬动了家具。他觉得你不应该这样做。"

"我觉得这完全不关他的事。再说我也北(没)有给她修电灯,我只是帮她拧上了一个灯泡,因为包(毛)尔曼太太已经不能爬到梯子上去了。而且我也北(没)有给她搬家具,只是帮她把衣柜挪开了一点儿,因为她觉得下变(面)有个老鼠窝。"

说到这里,莫里茨咳嗽起来。他筋疲力尽地倒在了枕头上。"别这么激动!"同事说,"你也了解咱们局长。他说找老鼠窝和拧灯泡不是你在工作时间该做的事情。他说你的工作时间是属于邮局的。你是负责送信的,不是负责搬运取暖油、挪家具或拧灯泡的,局长是这么说的。"

"局长管不着这事!"莫里茨说。

同事答应会帮他转告局长,然后在门口摆了摆手,祝莫里茨早日康复:"快点好起来吧!大家都很想念你。不只是那个糊涂的老太太哟,还有邮局的所有人,包括三号窗口的莉亚娜小姐。"

这时,莫里茨觉得更热了,不只是因为发烧,也不只是因为局长让他生气。莉亚娜小姐?想念他?要是真的就好了——但是

"狗鼻子"莫里茨

他不敢相信。刚才那个同事肯定只是开玩笑的。

又过了几天,莫里茨的烧退了。现在他一天只需要六到七张纸巾了。虽然鼻子还是堵塞的,身体也还是虚弱乏力,但是现在他不想管这么多了。

"冰(明)天我要起床!"他对妈妈说,"冰(明)天我要回去上班。"

"大病初愈不要急,安静在家多休息……"妈妈嘀咕着。莫里茨摆了摆手。他受够这些谚语了。

明天,生活就要重新开始了。

这天夜里,莫里茨醒了,他的鼻子里有种奇怪的瘙痒感,就好像有一百只小虫子在爬一样。他张开嘴——深深地吸了一口气——然后等着释放那个喷嚏。喷嚏终于来了,而且来势汹汹,就像原始森林里的大象喷鼻子时发出的巨响。窗户被震得咔咔作响,房门也被震开了。整栋楼没有被震塌已经算是个奇迹了。

妈妈惊慌地从隔壁房间冲过来。

"你听到了吗,莫里茨?附近有什么地方爆炸了……"

"是我这里,妈妈!我的鼻子通气了。鼻子里的'塞子'被我喷出去了,我现在又可以用鼻子呼吸了。"

莫里茨开心地抱住了妈妈,他抬起头,张大鼻孔深深吸了一口气,说:

"明天午饭是酸菜吧?"

妈妈吃惊地推开了他。

"你怎么知道的?"

"我闻到了。"莫里茨说。他自己也很惊讶。

"这怎么可能呢?酸菜放在塑料罐里,罐子盖着盖子,放在冰箱里。"

"奇怪——可我还是闻到了。酸菜的味道钻进了我的鼻子里。"他又闻了闻,这一次是闭着眼睛,"我还闻到了别的东西,你放在阳台上的花快要干死了。"

"对呀!"妈妈震惊地说。

最近她忙于照料生病的莫里茨,忘了给她的石竹花浇水。

但是,莫里茨怎么会闻到呢?中间还隔着三道关着的门呢。

莫里茨自己也不知道。

"我就是能闻到！自从那声'爆炸'之后,我的鼻子就变得特别灵敏。走,我们去浇花吧。"

他们来到阳台,往花盆里浇了好几壶水。莫里茨说,抢救得太及时了,那些石竹花已经发出了绝望的气味,要是明天再浇水肯定就晚了。他趴在栏杆上俯身望向楼下,夜晚的街道一片宁静,只有一辆卡车轰隆隆地开过。

"呃,要命,真难闻！"莫里茨捂住了鼻子。

"可是莫里茨,那只是一辆卡车而已啊！如果这样你就受不了,那白天街上全是车,你该怎么办啊？"妈妈担忧地摇了摇头,说,"我觉得这不是件好事。"

莫里茨确实受不了。早上他走到阳台,刚刚在躺椅上坐下就猛地站了起来,他喘不上气,感觉自己要窒息了。

令人反胃的汽车尾气钻进了他的鼻孔,他赶忙拿纸巾捂住鼻子,逃回了屋里。

"莫里茨！你的脸色发青啊！"妈妈喊道,"这可怎么办？"

莫里茨安慰妈妈说:"我只是还有点儿虚弱。我的鼻子会慢

慢习惯这些气味的。要是一直不好的话,我还可以去找医生,他会给我开药的。既然听觉过于敏锐的人可以用隔音耳塞,那说不定也有专门的隔味鼻塞给嗅觉过于灵敏的人用……"

"会有吗?"妈妈怀疑地问。

"或者我去买个鼻套,就像小丑的假鼻子那样,红色的软皮做的套子,应该很适合我。到时候我就是唯一一个戴鼻套的邮递员了……"

他哈哈大笑起来。

妈妈却没有笑。莫里茨继续开玩笑说:"或者我干脆拿一个晾衣服的夹子把我的鼻子夹住。"妈妈依然没有笑。

"别说了,莫里茨!"妈妈说,"我觉得并不好笑。"

下午的时候,他们决定出去散散步。隔三条街的地方有一个小公园,公园里有长椅、花圃,还有站在枝头的小鸟。

他们走下了四层楼梯。在一楼的一扇门前,莫里茨站住了。他歪着脑袋,耸着鼻子闻了闻。

"不会吧……"他说。

"什么不会吧？"妈妈问。

"这里有忧伤的味道。可是这套房子已经空了好几个月了。"

"不，你生病期间有人搬进来了，是一家人，有三个孩子——两个双胞胎小男孩和一个大一点儿的女孩。"

"难怪会有孩子的忧伤。应该就是那个小女孩……"说着他又闻了闻。

"莫里茨，"妈妈小声问，"忧伤……忧伤是什么味道？"

莫里茨试着给妈妈解释。"很悲伤，就像眼泪的味道，也像……"他停顿了一下，努力寻找合适的词，"……像心碎的味道。"

妈妈在一旁看着他，摇了摇头。她的莫里茨这是怎么了？先是东闻闻西闻闻，又隔着门闻，现在连说话也变得怪怪的。"心碎！"很少有人会说这种文绉绉的词。

"不应该有悲伤的孩子。"他说，"悲伤的孩子就像黑色的雪花一样，是反自然的。"

他们走在马路上，各种气味扑面而来，莫里茨赶紧拿出了手帕。直到走进公园，莫里茨才感觉好了一些。一丛丛的玫瑰花盛开着，他在花丛中走来走去，把鼻子凑近那些红色、黄色、白色的

花朵,呼吸着玫瑰的香气,然后他心满意足地挨着妈妈坐在了长椅上,跟她聊天儿。一切如常,就像生病之前一样。

回家路上,莫里茨又把鼻子藏在了手帕后面。但是,当他们快到家时,莫里茨对妈妈说:"现在施特卢普斯正叼着报纸,它马上就要拐过街角了。"

施特卢普斯是楼房管理员养的一只狗,每天这个时候它都会去取报纸。

妈妈一把抓住了莫里茨的胳膊。

"我的天哪!现在你连街角的味道都能闻到了?"

"好像是。我觉得挺好玩儿的,你不觉得吗?"

"不,我觉得很可怕。"

这时,施特卢普斯从街角拐了过来,它的嘴里叼着一份报纸。当他们走进楼道后,莫里茨闻到一楼虽然还有一些伤心的味道,但早已不像刚才那么强烈了。这让莫里茨松了一口气。

第二章　女孩杜拉

第二天是周日,莫里茨决定再去公园走走,因为昨天的玫瑰花让他感觉好了很多。

走到一楼的房门口时,他没法儿再往前走了——一辆儿童自行车横在楼梯上。旁边坐着一个小女孩,她穿着短裤、横条纹毛衣和运动鞋。女孩的脸上有雀斑,红棕色的鬈发挡住了眼睛,鼻子小巧可爱。

"你好啊!"莫里茨说,"让我过去好吗?"

她往边上挪了挪。

"你进不去家门了吗?是不是没有带钥匙?"

"带了,可是钥匙拧不动。"她抬起红棕色刘海儿后面的眼睛看着莫里茨,把手里的钥匙递了过去,"要不就是锁坏了。您要是愿意的话,可以帮忙试试。"

莫里茨把钥匙插进了锁孔里。

"我可以拧得动啊。"

小女孩跳起来,开心地抱住了莫里茨。她的身高只有莫里茨的一半,因此拥抱也只能抱到一半高。她的额头和浓密的红棕色头发顶住了莫里茨的肚子。

"您的肚子好硬啊!我爸爸的肚子比您的软多了。"

"那是皮带扣。松开手吧,你会硌疼的。"

小女孩扶起自行车,一边把车推进家里一边问:"您也住在这栋楼吗?"

"对,四楼。我叫莫里茨·胡纳。你可以不用称呼'您',说'你'就可以啦。你可以叫我莫里茨。"

"我叫科杜拉。"

"科杜拉,"莫里茨仔细地品了品这个名字,"很好听。"

"但是阿克扫托叫我'杜拉'。"她用责备的语气说。

"什么扫托?那是什么?"

"阿克瑟和奥托,是我的两个弟弟,我经常叫他俩阿克扫托。他们总是把一切都搞砸,甚至包括我的名字。科杜拉比杜拉好听多了。"

"杜拉我觉得也一样好听,听起来圆乎乎的,很好玩儿。"

女孩用阴郁的目光看了一眼莫里茨。

"但我有时候可一点儿都不好玩儿,你要相信,胡纳先生……"

莫里茨想起了昨天下午的事,点了点头。

"……而且我也不是圆乎乎的。"

"对,你有点儿瘦。"

她把自行车推进了家里的门厅,问莫里茨要不要进去坐坐。

"我带你看看我们的儿童房吧!不过还没有布置完呢,我们几天前才刚搬进来。"

儿童房里有两扇窗户,窗户中间挂了一面蓝色的帘子,从屋顶一直垂到地面,把房间分成了一大一小两半。大的那一半是双

胞胎弟弟的,小的那一半属于杜拉。

"这个儿童房跟我想的完全不一样。"杜拉抱怨说,"我以为会有一个自己的房间,有一扇真正的房门,而不是这么一块难看的布……"她气呼呼地一拳打在帘子上:"我想要一个独立的房间,这样他们俩就不会来烦我了,也不会总是把我的东西弄坏或拿走……"

"他们拿了你什么东西,杜拉?"

"什么都拿。我的糖果不见了,我的尺子不见了,我的小乌龟也不见了。不知道他们把小乌龟怎么了。你有弟弟吗,胡纳先生?"

"没有。你说的是一只真的乌龟?"

"一只真皮做的小乌龟。它的头和尾巴都可以摇晃,它叫阿曼达。"

"真皮做的……"莫里茨抬起鼻子,像一只猎犬一样四下嗅了嗅,然后指着柜子说,"我觉得乌龟在那里面。"

杜拉让莫里茨把她抱起来,她打开柜子喊道:

"阿曼达!你在这儿啊!"

"狗鼻子"莫里茨

她把乌龟够了下来,惊讶地问:"你怎么知道的,胡纳先生?"

莫里茨耸了耸肩,一言不发地指了指自己的鼻子。

杜拉激动地问:"那你是不是也能知道我的拖鞋在哪儿?还有我的尺子?还有糖果?"

"是焦糖味的糖果吗?"莫里茨问,他把帘子拉到一边,"如果是的话,那就在床下。"杜拉趴到了地上。糖果果然出现在她的眼前,上面沾满了灰尘,已经变成了一堆黏糊糊的棕色东西。

"你看,胡纳先生!它被阿克瑟舔过了!奥托肯定也舔过了!他们俩干什么都是一起的。咦——真恶心!"她张开黏糊糊的手指。

莫里茨用一张纸巾把那堆东西包起来,拿到了厨房。他跟着自己的鼻子闻到的气味,马上就找到了垃圾桶。杜拉跟在他身后气呼呼地说:

"你看看他们干的好事。偷吃糖果,然后吃几口就扔掉……胡纳先生,你就庆幸自己没有弟弟吧!"

莫里茨说:"我一点儿也没觉得庆幸。我是独生子,还一直都希望能有兄弟姐妹呢。"

"我也希望呀！我想要个可爱的小妹妹，我也不介意要个弟弟，但是不要一下来两个！而且还是这么可怕的两个！"

莫里茨疑惑地摇了摇头，问："昨天下午你就是因为这个才哭的吗？"

杜拉惊讶得一时说不出话来。过了一会儿，她结结巴巴地说："可是我哭得很小声啊。我用枕头捂着脸哭的，你肯定听不到的。"

"我没听到，是闻到的。"

他们回到了杜拉的"半个房间"。莫里茨坐在儿童桌上，他问杜拉昨天下午发生了什么。

杜拉给他拿出一盒彩色粉笔。准确地说，是一盒彩色碎块。它们曾经是粉笔，但现在盒子里只有一堆粉笔头，还有一些五颜六色的碎屑和粉末。

"这是谁干的？"莫里茨问，"阿克扫托？"

杜拉点了点头，告诉莫里茨，昨天下午她画了一幅画。她很喜欢画画，尤其是画女巫，她很擅长画女巫。她画完之后就从房间出去了一会儿，等她回来的时候，阿克扫托把所有的彩色粉笔

"狗鼻子"莫里茨

都咬了。

"他们觉得粉笔好吃吗?"莫里茨问,"那东西也不会很健康。"

"非常不健康!"杜拉点了点头。

他们两个很快就难受起来,哇地一下把吃进去的粉笔都喷吐出来。但在此之前,杜拉已经把阿克扫托揍了一顿作为惩罚。

"为什么呀?喷吐已经是够严重的惩罚了。"

杜拉的爸爸回家之后也是这么说的。"没有什么比大孩子打小孩子更过分的事了。"爸爸说。

"没错。"莫里茨说。

"但他们不是一个小孩子,是两个,而且还是两个坏小孩儿!"杜拉喊起来。她扑通一屁股坐在地上,把阿曼达抱在膝盖上,让它的头和尾巴摇动起来。然后她讲述了事情的经过。

爸爸问:"你知道错了吗?""不知道!"爸爸越来越凶了,接着问:"那你想体验一下大人打小孩儿吗?""对!"她不管不顾地说出了这个字。于是爸爸打了她两下,一左一右。爸爸以前从没有打过她。

杜拉又惊又气,满心委屈,一下子说不出话来。她把几根完整的粉笔踩得粉碎,大喊大叫,说爸爸妈妈可以马上把她赶出家去,还说自己宁愿当个孤儿也不愿意有这么不公平的父母。她大喊大叫到完全停不下来。爸爸用凉水给她冲了脸,要求她道歉。但是她没有道歉,而是跑到床上用枕头捂着脸哭了。

她哭得那么伤心,胡纳先生在楼梯那里都闻到了。她在床上一直待到今天早上,晚饭也没有吃。杜拉说这是为了惩罚。

"惩罚谁?"莫里茨问。

杜拉抚摸着小乌龟说:"惩罚爸爸妈妈。我不吃饭他们会着急的,因为我已经这么瘦了。我就躲在被子里,没有人来关心我。直到挺晚的时候——已经是半夜了——爸爸妈妈悄悄地来到我床边想要跟我和好,但是我不想。我就假装睡着了。"

"为了惩罚?"莫里茨继续问,"那今天早上呢?"

"今天早上我想,没有病却一直在床上躺着也太愚蠢了。于是我起床去吃了早餐,但是我吃得很少,就是不至于饿肚子而已。我也没有说话。妈妈像往常的周日那样问我要不要一起去公园散步的时候,我只说了一个'不'字。妈妈说:'这种犟驴脾气的

人,全世界也只有杜拉一个。'爸爸说:'等我们回来的时候,你该把你的驴关进棚子里去了!'说完他们就走了,没有带我,我就一个人留在家里……"

"……你觉得自己被抛弃了,很可怜,是吗?"莫里茨问。

"然后我就在门口骑车玩了一会儿。等我想回家的时候,发现钥匙拧不动了。要不是你来的话,我现在还坐在楼梯上呢。"

杜拉用询问的目光看着莫里茨,等着他说一些同情的话,但是莫里茨没有说话。他沉默了好一会儿。杜拉抚摸着阿曼达,让它吃盒子里的粉笔头。

"接下来该怎么办呢?"莫里茨终于开口说,"你总不能永远跟父母和弟弟生气,也不能一直折磨自己吧?"

"我怎么折磨自己了?"

"昨天晚上你没有吃晚饭就睡觉了,这不是折磨自己吗?而且爸爸妈妈来跟你和好的时候,你还假装睡觉。还有你今天早上不跟全家一起去散步,而是坐在楼梯上。这完全就是在折磨自己啊!"

杜拉用手指在粉笔的碎屑中拨弄了一下,然后在阿曼达的

后背上涂抹了几个彩色的点。

"你的那些惩罚呀,"莫里茨说,"完全就是胡闹!好了,现在把你的犟驴关进棚子里吧!我知道你会这样做的,杜拉。虽然你看起来还很生气。"

"你什么都不知道。"

"我的鼻子知道。我闻出来了。"

对于莫里茨的鼻子,杜拉还是很佩服的。

莫里茨站了起来:"现在我要走了。你知道我要去哪儿吗?我要去公园散步。也许我会在那儿碰到你弟弟。他们也有像你这样可爱的雀斑吗?"

"你觉得雀斑可爱吗,胡纳先生?我希望我没有雀斑。"

"非常可爱。这么说,你答应我不生气了,杜拉?"他跟杜拉握了握手。

"我什么也没答应。"

杜拉没有送莫里茨到门口,也没有跟他说"再见"。

周日的街道很安静,汽车也很少。莫里茨不用拿手帕捂着鼻

"狗鼻子"莫里茨

子了。从昨天下午开始,公园里又有新的玫瑰花盛开了,莫里茨的鼻子也舒服多了。他读着小牌子上那些拉丁文的花名,心里想:要是我培育出一种新的玫瑰花,一个长满刺但香气扑鼻的品种,我就给它起名叫"杜拉"——"杜拉密刺玫瑰"。莫里茨接着往前走,在沙坑那里他看到两个长着雀斑和红棕色鬈发的小男孩。他们的父母坐在不远处的长椅上。

晚一些的时候,莫里茨回到家,妈妈已经在等着他吃饭了。莫里茨经过杜拉家门口的时候,看见门上贴着一张纸条。上面画着一只动物,但画得不太成功——看不出是狗是猪,还是丑陋的小牛犊。这个动物被关在笼子里,下面写着:犟驴被关起来了!

"原来如此啊!"莫里茨满意地说,"她可不怎么会画驴,还是画女巫对她来说更容易些……"

第三章 "狗鼻子"莫里茨

周一,莫里茨一大早就出了门。他穿着工作服——深色裤子、蓝色衬衫和一顶制服帽。莫里茨在杜拉家门前站住了,欣慰地深深吸了一口气。那里散发出的都是睡觉的味道,他闻到了杜拉在沉沉的梦中,双胞胎也睡得很香甜,而他们的父母在清晨的浅睡中已经快要醒来了。

"一切正常!"莫里茨喃喃自语。

车站已经有一些人在等车了,这些早起的人每天都会搭早上第一班公共汽车去上班。

"狗鼻子"莫里茨

以前莫里茨只是见过这些人,但现在他能闻到他们的味道——这种感觉完全不同。他发现,闻到的信息比看到的更准确。

车来了,莫里茨坐在了司机后面,他闭上眼睛试着分辨各种不同的气味。他闻到了香皂、牙膏、剃须膏的气味——总而言之就是浴室和早上洗漱的气味。再仔细闻,还有早餐的烤肠面包和奶酪面包的味道。莫里茨张大鼻孔,他闻到后面的某个座位上有一个没有洗漱,也没有睡醒的人。这个人早上嗖嗖两下穿上衣服就出门了,他闻起来很累而且心情也不好,对一切都提不起兴趣——办公室的工作更是让他觉得无聊。

莫里茨转过身去,他仔细闻了闻。在后面隔一排的座位上,有一个男人在打盹儿。他的头向前垂着,半张着嘴。他身旁的过道上站着一个金发小伙子,小伙子看起来心情愉快,无忧无虑,闻起来还有口香糖的味道。他抓着扶手杆,嘴里哼唱着一首流行歌。

这时,一名检票员走上车查票。莫里茨出示了他的工作证。突然,一种新的气味冲进了他的鼻子:那是害怕的味道。过道里

的金发小伙子神色紧张地穿过乘客挤到车尾的平台上，在下一站跳下了车——差一点儿他就被检票员抓到了。

早上五点五十分，莫里茨到了邮局。六点钟是他上班的时间。同事们跟他打招呼，他们说很高兴莫里茨回来了——莫里茨闻得出，他们说的都是真心话。

邮局的大车开了过来，大家从车上卸下装满邮件的袋子，剪开绳子，把里面的邮件按照街道和门牌号分类——这些事莫里茨已经做过一千遍了，平时他的动作总是轻松熟练。但今天，他干得慢了一些，因为那些信散发出各种气味。他手里拿着那些信封时，鼻子会判断出里面包含着怎样的信息。有些信件散发着细腻的幽香，那是情书；有些闻起来充满愤怒；有些散发出一股恶意；还有一些闻起来像是谄媚和谎言。

"嘿，莫里茨！你站在这儿发什么呆呀！"一个同事推了他一下，"你弄错了，把你管片的邮件分给我了……"他递给莫里茨两封信，这是给毛尔曼太太的。一封来自加拿大，闻起来像是喜讯；另一封看起来貌似无害的商业信函，气味却很可疑，莫里茨也说不出那是什么样的味道。他觉得是有人想坑害毛尔曼太太。莫里

"狗鼻子"莫里茨

茨觉得最好是不送这封信,但是他不能这样做。也许他可以去提醒一下毛尔曼太太。

莫里茨准备好了他的邮政小推车,把杂志、印刷品、包裹、信件、明信片全都堆放到小推车上。然后他背起了黑色的背包,包里装着挂号信、公函和汇款单。

他出发的时候,时间已经不早了,邮局大厅的窗口已经开始营业。莫里茨透过玻璃门向大厅张望了一下,只见三号窗口前面还没有顾客,于是他决定去向莉亚娜小姐说一声"早上好"。

"哦,胡纳先生……"莉亚娜小姐说,她脸上闪过了一丝微笑,"早上好!您回来了?"

这个回应并不聪明,她明明看见莫里茨已经回来了。

莫里茨闻到了发胶、指甲油、润肤霜和虚荣的味道。这些他都不介意,但是他的鼻子没有闻到一丝重逢的喜悦,这让莫里茨有些难过。很明显,莉亚娜小姐完全不在乎莫里茨是否生病,来不来上班,有没有跟她问好。她的微笑也毫无价值——每当有顾客来买邮票,从窗口塞进点好的钱时,莉亚娜都会慷慨地对他们微微一笑。

"是的。嗯,那就,再见……"莫里茨说,"我得赶紧出发了……"

莉亚娜小姐整理了一下桌上的邮戳,其中一个邮戳掉到了地上。莫里茨俯身捡了起来,顺便闻了一下莉亚娜的棕色连衣裙,转身走的时候问了一句:

"昨晚的电影您喜欢吗?"

莉亚娜吃惊地看了他一眼:"您怎么知道我昨晚去哪儿了?"

"看完电影,您还去喝咖啡了……"

"对。"这一次莉亚娜投来了警觉的、近乎怀疑的目光,"您是千里眼吗,胡纳先生?"

这时,有一位女士在窗口前要买邮票,但莉亚娜小姐没有理会她。

"或者您在跟踪我?这我可不答应,胡纳先生!"

莫里茨发誓说他没有做这种事,他请求莉亚娜不要把他当成一个喜欢窥探别人隐私的人。

说到这里,莫里茨脸红了:自从他有了灵敏的嗅觉,他确实成了一个喜欢窥探别人隐私的人。

"狗鼻子"
莫里茨

窗口的女士不耐烦了。莫里茨想要逃走,但是莉亚娜小姐在他身后压低声音喊:"您欠我一个解释,胡纳先生!我要求一个答复!"

这听起来像是命令。莫里茨又回过身,说:"您手提包里的那支圆珠笔盖子开了,您最好把它拧紧,否则它会把您包里的东西全都弄脏。"

说完他赶紧离开了,这时三号窗口前已经排起了长队。莉亚娜小姐终于把邮票递给了那位女士,接着她又清点了一份电报上的字数,卖出了三份航空邮件,给一份印刷品称了重量。忙完这些之后,她才有空查看自己的手提包。圆珠笔的盖子确实开了。

莫里茨推着小推车、背着背包慢慢地穿过街道,走在熟悉的路上。他负责的片区高楼密集,每栋楼的入口处有一个邮件柜,集合了各家各户的信箱。莫里茨把邮件分别放进信箱的格子里,然后上楼去派送那些必须亲自送上门的东西:有布拉哈先生的《园艺爱好者》杂志,有普雷明戈先生的缴税单,还有纳夫拉提尔太太的一封邮资到付的信件。

毛尔曼太太家是莫里茨这趟派送的最后一家。莫里茨看了看表,时间不早了,希望毛尔曼太太不要再拉着他聊天儿了——她常邀请莫里茨进去喝杯咖啡,吃一块昨天剩下的奶油圆蛋糕。

但莫里茨的愿望没有实现。毛尔曼太太一看到许久未见的邮递员、她"亲爱的胡纳先生",就激动地紧紧抱住了他。她开心极了,白色的鬈发微微颤抖着。她把莫里茨拉进厨房,炉子上面已经煮着咖啡,奶油圆蛋糕也已经摆在了桌子上。莫里茨放下了毛尔曼太太的两封信——一封内容可疑的和一封包含喜讯的。

"您的孩子们从加拿大来的信,毛尔曼太太!我打赌里面是好消息!"

毛尔曼太太拆开了信封。

"是女儿,胡纳先生!她已经生了那么多男孩,现在终于有个女孩了!体重三公斤,身高五十厘米。我女婿在信中说'母女平安'。太好了!"

她的声音有些颤抖,手也在颤抖。

"我现在有四个孙子孙女了……"

"恭喜!"莫里茨说。

"四个……我都没有见过。我女婿问我什么时候才能过去看看。"

"我也想问您,毛尔曼太太。您为什么不去呢?"

"因为我年纪大了。加拿大太远了。胡纳先生,我65岁了,几乎从没有离开过奥地利,我这样的老人是很怕出远门的。坐着飞机长途跋涉?要是我年轻20岁肯定没问题!要是45岁,我还敢去。45岁的时候我还登上过厄彻山!"

莫里茨清了清嗓子。

他指了指第二封信。

毛尔曼太太笑了。

"你想知道这封信里是什么吗,胡纳先生?这里面装着我想要的那20年……"

莫里茨完全没有听懂。

毛尔曼太太从信封中抽出一封打印的信件、一份缴费单和一张印着密密麻麻小字的纸片。毛尔曼太太把那封信推到了莫里茨面前。上面没有日期,也没有公司标志,只在信中提到了一个名为"青春之源"的公司。这家公司恭喜"尊敬的毛尔曼太太"

顺利完成重返青春疗法的试用疗程。信中还说:"我们会按照合同寄给您全套药品(5瓶),尊敬的毛尔曼太太,现在您只需按照所附缴费单支付完整疗程的费用即可。"信件结尾写着"顺致崇高敬意",下面是一个笔迹夸张、难以辨认的签名。

缴费单上的金额也同样夸张,莫里茨看到了一长串数字。他拿起那张印着小字的纸片,上面写着"效果惊人的重返青春疗法,源自南太平洋神奇之根",接着是一大段描述。这些文字散发出浓浓的谎言味道,熏得莫里茨捂住了鼻子。

莫里茨放下了那张纸。这时,毛尔曼太太已经从厨房里拿来了一个小瓶子。瓶子的标签上写着:"您将会年轻20岁!欢迎免费试用永久性重返青春药物——青春之源。"毛尔曼太太拔去瓶塞,一股香料和草药的气味飘散开来。

莫里茨闻出了芹菜、韭菜、大葱、洋葱、莳萝和香菜的味道。他仔细地闻了好一会儿,感觉特别像妈妈做的蔬菜汤。莫里茨努力想要从这些熟悉的气味中发现陌生的"南太平洋神奇之根"的香味,但是一无所获,还是只有奥地利的烹饪香料的味道。

"您要尝尝吗,胡纳先生?味道还不错……"

"狗鼻子"莫里茨

"谢谢了,毛尔曼太太!年轻20岁,我可承受不起。那样的话,我就成了一个几个月大的婴儿,到时候谁来给您送信呢?"他把手放在了毛尔曼太太的胳膊上,"不开玩笑了。毛尔曼太太,您是个理智的人,这个骗局您不会上当的!"

"这不是骗局!我试喝了第一口就立刻觉得神清气爽,充满力量!就像这上面写的一样。难道您不相信植物甘露和大自然的力量吗,胡纳先生?"

"我相信。蔬菜香料是很健康的,"莫里茨说,"这一点谁都知道。"

"蔬菜香料?!"毛尔曼太太发出了受伤的惊叫。

"这就是国产的蔬菜香料,跟南太平洋的树根毫无关系。"莫里茨坚定地说,"街角的调料店卖得比这便宜多了……"他说着用手点了点账单上的一长串数字:"别让骗子掏走您口袋里的辛苦钱哟!"

毛尔曼太太的脸颊上出现了两块圆圆的红晕。她这辈子从来没有想过,她亲爱的邮递员会这样侮辱她!毛尔曼太太质问莫里茨是不是不希望她变年轻,是不是反对她去加拿大看孩子们。

她脸上的红晕变得更红了,声音也变得尖厉起来。莫里茨想要回答,但毛尔曼太太不给他说话的机会:"偏偏是您,亲爱的胡纳先生,您一直特别理解我的——您帮我搬取暖油,换灯泡,清除柜子后面的老鼠窝。可是现在呢?不,您一点儿都不理解我!我很失望!特别失望!"

"我很遗憾。"莫里茨说。他对毛尔曼太太的咖啡和圆蛋糕表示了感谢,然后就起身告辞了。在派送剩下的邮件时,莫里茨没有与任何人多聊,无论他从那些信件中闻出了什么。

莫里茨推着空空的小推车回到邮局的时候,正是午休时间。莉亚娜小姐在门口向莫里茨迎面走来,拦住了他。

"您怎么解释啊,胡纳先生?是谁告诉您我昨晚在哪儿的?"

"是我的鼻子,"他红着脸说,"自从得了流感,我突然就能闻到一切了。"

莉亚娜小姐摘下太阳镜看着他。她仔细地打量莫里茨的额头、眼睛、鼻子和嘴巴。她的目光在鼻子上停留的时间最长。

"我觉得您是在拿我寻开心,胡纳先生。如果您现在不立刻

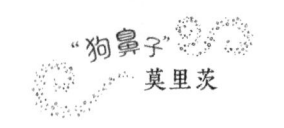

证明您的鼻子能闻出一切的话,我就再也不会对您说一句好听的话了。不好听的话也不会说。我根本就不会再跟您说话。"

"您的裙子,"莫里茨说,"您昨天晚上也穿了这条裙子,上面还残留着电影院的气味,还有一些弄洒的咖啡,虽然在棕色的裙子上看不出来咖啡渍……"

"您觉得我会相信吗?可笑!"她又戴上了太阳镜,"拜托以后别再把您那天才的鼻子凑到别人的裙子上去!否则我会很不舒服。"说完她就走了。

莫里茨把小推车和背包放回邮局,就动身回家了。他很累,也很沮丧。上班的第一天就让他疲惫不堪。他非同寻常的鼻子给他带来的更多是烦恼而不是喜悦。在公共汽车上,他不再玩早上的嗅觉游戏,而是拿出一块手帕捂着鼻子坐在那里,直到下车。

"你好啊,胡纳先生!"莫里茨身后传来急促的脚步声,接着一只手推了他一下,"我知道了一些关于你的事。"

"你好呀,杜拉!"莫里茨很开心,"你怎么这么晚才放学?"

"今天在学校多留了一会儿……"她说。

"大家都留了,还是只有你?"

"只有我。"她的眼睛从刘海儿后面看着莫里茨,目光中带着熟悉的倔强。

"这样啊。那你知道了关于我的什么事?"

"我知道你为什么叫胡纳,因为你有狗鼻子①。"

他笑了:"最近在学校里怎么样?"

"还是老样子。你呢?"

"我不是老样子了。"他告诉杜拉,自己最近能闻出信的内容。杜拉听了很兴奋,想要立刻试一下。她从书包里拿出一封蓝色的信。

"这里面的内容让人不愉快,杜拉……"莫里茨说。

"没错,我早就知道。是关于比尔吉特摔坏眼镜的事。爸爸得赔给她。可我真不是故意的!"

杜拉讲了今天发生的事:在打排球的时候,比尔吉特一直挡在杜拉前面,最后杜拉只好推了她一把——只是很轻地稍微推了一下,正常的孩子不可能这样就摔倒的,只有比尔吉特。

---

①胡纳(Huna)一词在德语中可以由狗(hund)鼻子(nase)中的字母组合而成。

"杜拉,你总是喜欢推搡和争吵吗?我觉得……"莫里茨突然停顿了,"你闻到什么了吗?"

杜拉皱了皱她长满雀斑的小鼻子,像只好奇的小兔子一样闻了闻。

"没有,什么也闻不到。"

"是煤气的味道!"

莫里茨把杜拉从人行道拉到了马路上,他突然俯身趴在地上,紧贴着地面闻了起来。

一辆汽车从他们身边绕过,发出尖厉的刹车声。司机疯狂地按响喇叭。

"肯定是这下面。"莫里茨说。

"柏油路下面?"杜拉在他身边蹲下来。

"对,下面煤气泄漏了。也许是管道破裂了。"

"没有声音吗?东西破裂应该会发出咔嚓的声音啊……"

"也许只是一条裂缝。快,我们得赶紧报告情况。"

他拉着杜拉跑到了最近的电话亭,有人正在那里打电话。莫里茨敲了敲电话亭的玻璃,里面的女士背过身去。莫里茨一把拉

开了门。

"拜托,我们急需报告一起煤气管道事故……"

女士抱怨了几句又关上了门。莫里茨跑到马路对面,看到那里有一名警察正在检查路边停车的情况。

"必须紧急通知煤气公司!"莫里茨气喘吁吁地说,"那边有煤气泄漏了。"

"哪儿?"警察跟着他走过来,"这儿吗?我什么也没闻到!"

"因为您没有狗鼻子!"杜拉喊道,"但是胡纳先生有。要是他说有什么味,那就一定有!"

警察趴跪在地上,张大鼻孔使劲地吸着气。莫里茨现在闻到浓浓的煤气味,熏得他有点儿头晕了。

"越来越严重了!"他说,"有管子破裂了,必须得关上所有门窗。"

"我什么也没闻到!"警察重复道,"您想什么呢,关上所有门窗?现在可是中午,大家都在做饭呢。"他费力地站起身来。"您怎么能信口胡说呢?快走吧,您一个邮递员就别管什么管道破裂了!否则我的脾气也要爆了……"他大声斥责道。

一些行人停下来想看看发生了什么。

"他可能喝醉了!"警察高声喊道,"大白天就喝多了,还带着自己的孩子!"

"我不是他的孩子!"杜拉说,她用愤怒的目光注视着警察,"而且他也没有喝醉。"

这时,电话亭里的女人出来了。

莫里茨跑过去给煤气公司打了电话。杜拉站在他的身边。

"他们马上就会过来,我们可以走了。"

"开着蓝色闪光灯的车过来吗?"杜拉问,"那我要留在这儿。蓝色闪光灯——太让人激动了。我喜欢刺激的事,你不喜欢吗,胡纳先生?"

"不!"莫里茨说。

远处传来了警报声。尽管杜拉反抗,莫里茨还是拉着她走了。

第四章　咖啡风波

刚走到家门口,莫里茨就闻到妈妈做的酸菜炖肉的味道了。从今天开始她又回到蓝天鹅去上班了。

莫里茨在炉子上的锅里找到了酸菜炖肉,旁边还放着一张纸条:

"加热的时候要多搅拌!冰箱里有糖渍水果!"

厨房的桌子上还放着一张纸条,那是一份长长的清单,从杏子果酱到牙膏,种类繁多。这些是他需要去超市采购的东西。

莫里茨不喜欢去超市,他鼻子正常的时候就不愿意去,更别

说现在鼻子不正常了。一想到大超市里会有上千种气味扑面而来,他就害怕。

他直接用锅吃了酸菜炖肉,又吃了冰箱里的糖渍水果。接着他脱下工作服,穿上了睡衣,舒舒服服地倒在沙发上睡着了。超市就晚点再去吧。

过了一小时,莫里茨在一阵急促的敲门声中醒来。他闻到有人在做饭,白菜加热的味道和各种其他味道交织在一起,但莫里茨穿透这些浓郁的气味,闻到杜拉——生气的、倔强的、受到伤害的杜拉就在外面。她背着书包,胳膊下夹着阿曼达,站在莫里茨家门口。

"我可以进去吗,胡纳先生?我可以永远待在你这儿吗?"

杜拉想要从莫里茨身边径直走进屋里。

莫里茨拦住了她:"永远,为什么?"

"我要离开家。我不想在家里待下去了,妈妈一直说我。"

"因为那封蓝色的信吗?"

"对,就是因为那副破眼镜,也因为我回家晚了,还因为她不

相信你有狗鼻子。她说我在骗她,没有人能闻到柏油路下面的气味。"

"所以你就跑出来了?"

"我偷偷跑出来的!"她骄傲地点了点头,"现在你让我进去吗?你可是我的朋友啊……"

"你要是这样下去的话,朋友我们也做不长了!"莫里茨套上了浴袍,穿上木拖鞋,说,"走!我送你回去。"

他把反抗的杜拉推进了楼梯间,拉着她下了楼。木拖鞋在楼梯上发出啪嗒啪嗒的声音。杜拉被莫里茨拽着,每一步都在挣扎反抗,想要摆脱他的手。

"别这样,杜拉!走啦!你妈妈会担心你的。"

杜拉突然间忘记了闹脾气:"真的吗?"她阴沉的脸上重新焕发出光芒,满怀期待地问:"你能闻到她在担心吗?"

"这个我不用闻就知道,你也知道。孩子不见了,任何一个妈妈都会担心的。"

杜拉让阿曼达顺着楼梯扶手滑了下去,它的皮肤与木头摩擦出了吱吱的声音。

在一楼杜拉家门口,莫里茨说:"自己敲门你总会吧?我要上去了。"

"不,拜托,别走!"杜拉紧紧拉住了莫里茨的手。妈妈打开门,惊讶地看到女儿背着书包,抱着小乌龟,一个身穿浴袍的陌生年轻人正拉着她的手。

"我回来了!"杜拉宣布。

"你刚才出去了?"

杜拉点点头:"这是胡纳先生。如果你不介意的话,可以让他闻闻你。这样你就会相信我了。"她说完就消失在自己的房间里,留下妈妈和莫里茨站在门口。"我要写作业了!"她乖乖地说。

"有时候真搞不懂她……"杜拉的妈妈叹息道。她尴尬地站着,身边的莫里茨也同样尴尬。"杜拉是个很难管的孩子,很遗憾这一点随我了。"

莫里茨觉得这位母亲很和蔼——她有些疲惫和紧张,但是很善良。"她有点儿任性,"莫里茨说,"也很容易受伤,但是我很喜欢她,而且……"

莫里茨说到一半停下了。他抬起鼻子朝着儿童房的方向闻

了闻,那对双胞胎这时正在里面睡午觉。

"您给阿克瑟的膝盖涂碘酒的时候,他是不是哭得很厉害?"莫里茨问,"或者是奥托?"

杜拉的妈妈呆呆地盯着莫里茨。"是阿克瑟……"她声音里带着疑惑,"他摔倒了。"

"我闻到了碘酒和药膏的气味,还闻到膝盖上有一大块创可贴。伤口不深,膝盖很快就会好的。"他对杜拉的妈妈露出了安慰的微笑。

"这么说,杜拉说的煤气的事情是真的……我错怪她了……"

杜拉的妈妈走进儿童房,半开着房门,好让莫里茨听到她对杜拉道歉。这并不是每一个妈妈都能做到的。"杜拉,他真的是个嗅觉大师。"妈妈说,"别生我的气了!我应该相信你的。"

"我也不应该跑出去的。"杜拉说,"你也别生我的气了!"妈妈抚摸着杜拉的头发,杜拉愉快地伸了个懒腰,就像猫咪被人抚摸时那样。

她马上就要发出小猫那样的呼噜声了,莫里茨想。他轻轻地

"狗鼻子"莫里茨

清了清嗓子,毕竟不能一直这样傻傻地站在门厅里。"我想我该走了。"他说,"我还得去超市。您需要我带什么东西吗?"

杜拉连忙回答:"等我一下,胡纳先生!我也去。"她让妈妈把要买的东西列了一份长长的购物清单。

一走进超市的弹簧门,莫里茨就站住了。他脸色苍白,呼吸急促,大口地喘着粗气。各种混杂的气味朝他迎面扑来,对他的鼻子发起猛烈冲锋。他忍不住干呕起来,连忙掏出手帕捂住了鼻子。杜拉吃惊地问:

"你不舒服吗?拜托,你可千万别倒下啊,胡纳先生!你要是倒下,我就不知道该怎么办了……等一下,我马上回来!"

她冲到化妆品区,从架子上拿起一个最小的瓶子,跑到收银台并且使劲往前挤:"拜托,让我过去可以吗?拜托,我只有这一个东西!"她直接把钱包递给了收银员——然后就跑回莫里茨身边。她打开小瓶子,放到莫里茨的鼻子下面。这是莫里茨闻过的最甜腻、最难闻的香水。

"谢谢,杜拉。谢谢你的好意。"莫里茨干呕得更厉害了:各种

气味原本就互相冲撞——洗衣粉和艾门塔尔干酪、鲱鱼和奶油巧克力、地板蜡和覆盆子糖浆——现在又加上了香水味！莫里茨努力地控制着自己。

"你好点了吗？"杜拉忧心忡忡地看着他。莫里茨点了点头，手帕依然捂着鼻子。

杜拉推着购物车穿过一条条通道，他们两人的手里都拿着各自的购物清单。每拿一样东西，就从单子上画去一项。"250克肝肠。"杜拉读道，"但是要哪种呢？"

一共有八种肝肠，有粗加工的、细加工的，有猪肝肠、牛肝肠、鹅肝肠、肥肉粒肝肠，还有松露肝肠……

"谁会需要这么多不同的种类？"杜拉问。

"没人需要！"莫里茨用手帕捂着鼻子小声嘟囔，"继续走，赶紧离开这里。"

杜拉若有所思地看着这八种肝肠，此外还有八种肉肠，还有萨拉米香肠和火腿。旁边的奶酪区有几十种奶酪，再往前的黄油区，各种黄油堆得像山一样……

"其他国家还有人吃不饱饭呢。"莫里茨说。

"也有小孩儿吗？"杜拉问。

"主要是小孩儿。"

一个穿着工作服的人推着一车新的黄油走了过来，把黄油摆放到货架上。他每半小时就要补一次货。这让人想起童话中的安乐乡，那里有吃不完的鸡腿，拿走一个就会立刻长出一个新的。

他们继续往前走，直到莫里茨的清单上只剩下最后一项：咖啡。各种袋装咖啡排成了几米长，品牌和种类多得数不清，从精品摩卡到家庭混合咖啡一应俱全。每个袋子上都写着咖啡的名字，还有一个小小的白色价签。精品摩卡是最贵的。莫里茨拿了一包家庭混合咖啡放进了购物车。

"买齐了，杜拉！我们去收银台吧！"

杜拉推着沉甸甸的购物车转弯时，撞上了一位女顾客。那位女士刚刚从架子上取下两袋精品摩卡。

"对不起。"杜拉本以为对方会责怪她，但女士却笑了。她友好地说："这么小的姑娘推这么大的购物车啊！"

"她真是个好人！"杜拉在她身后说。

"但是她买错咖啡了。"莫里茨嘟囔了一句。

"买错了?为什么?"

"袋子上写着精品摩卡,但里面装的是家庭混合咖啡,就是我买的这种。"

"这样的话,那位善良的阿姨就用最贵的精品咖啡的价格买了便宜的混合咖啡。这可不行!这不公平!我去告诉她!"

她想要追上那位阿姨,莫里茨抓住了她的购物车。

"别追了!你找不到她了。"

"不,我能找到。她穿了一条绿裙子。"

杜拉急匆匆地推着购物车到了收银台。那里在排队,杜拉心急如焚。队伍还在缓慢地往前移动。所有的收银台都发出哒哒的敲击声,伴有人群的嗡嗡声、丁零零的摇铃声。杜拉没有看到穿绿裙子的女士。

他们终于来到了马路上,尽管有汽车尾气,莫里茨还是深深地呼吸起来:"噗!这超市!我的鼻子受不了了!"

"快看,那是谁?"杜拉喊道,"是绿裙子阿姨!"

她追了过去。

"您好,您买错东西了!我是说……您多花钱了!那个精品袋子里……"她语无伦次,不知道该怎么说了。

绿裙子女士奇怪地看着结结巴巴的杜拉:"亲爱的孩子,我买的是咖啡啊。"

"是的,但是买错了!"杜拉激动地喊。幸好这时莫里茨来救场了。杜拉说:"请相信我,这是胡纳先生,他有超常的嗅觉。他闻到您的精品咖啡袋子里装的不是精品咖啡,而是家庭混合咖啡。"

绿裙子女士从她的篮子里拿出了咖啡。她闻了闻,有点儿犹豫,半信半疑地看着莫里茨,然后请莫里茨跟她一起返回超市。

莫里茨很郁闷,他没精打采地跟在绿裙子女士身后,这时他有点儿生杜拉的气。

绿裙子女士径直走到收银台,去找收银员投诉。收银员找来了部门经理。部门经理没说几句话态度就变得恶劣起来,他说绿裙子女士干扰营业,要叫警察。

绿裙子女士晃着那袋咖啡喊道:"那您就叫警察来吧!正好我也要报警,告你们欺诈。我付了精品摩卡的钱,就应该得到精

品摩卡。你们的家庭混合咖啡留着自己享用吧！"

争吵变得越来越激烈，后面排队的人大声嚷嚷起来。杜拉害怕地躲在莫里茨身后，她没想到会闹成这样。莫里茨也想躲起来，却无处可躲。最后愤怒的部门经理带着绿裙子女士、莫里茨和杜拉一起去了超市一楼的店长办公室。

店长礼貌而冷静。"在我们这里，顾客就是上帝。"他说。他让人给"上帝"拿来两袋咖啡：一袋精品版，一袋家庭版。两位秘书分别去咖啡机那里煮了两种咖啡，并给在场的每人发了两个纸杯，左边纸杯倒上了精品版，右边纸杯倒上了家庭版，大家都分别喝了两边的咖啡。每个人都面色凝重。

"这两杯是一模一样的！"绿裙子女士说，"都不是精品摩卡，跟我平常喝的味道不一样。"

店长又尝了一口，点了点头，然后他走到莫里茨面前，祝贺他的鼻子闻对了，并以公司的名义向绿裙子女士道歉。"我们的咖啡都是机器分装的，"他解释说，"肯定是哪里出错了。我们会立刻检查货架，改正错误。当然，您会得到精品咖啡，而且还多送您半公斤作为补偿……"

店长说了很多话。杜拉只听懂一半,反正她知道莫里茨这一次又闻对了。她很为莫里茨感到骄傲,她冲莫里茨微笑,但莫里茨却把头扭到了一边。

"我们现在可以走了吧?"莫里茨说。

"还有一个问题!"店长叫住了他,"请问您是专业人士吗?"

"什么专业人士?我在邮局工作。"

店长告诉他,嗅觉和味觉特别灵敏的人还可以从事专门的工作:咖啡品鉴师、品茶师、品酒师等,都是些非同寻常的高薪职业。莫里茨惊讶地听着。店长打听了莫里茨在邮局的收入情况。他说,刚才提到的那些品鉴师的收入是莫里茨的三倍,问他要不要考虑一下,至少可以留个联系方式。

"不用了,谢谢。"莫里茨说,"我就不留联系方式了。邮递员的工作很适合我。"

他们告辞了。绿裙子女士从她的购物篮里拿出一块巧克力送给了杜拉。

莫里茨默默地和杜拉并肩走在马路上,杜拉试着跟他聊天

儿。

"但是绿裙子阿姨很高兴我们帮了她呀……"

莫里茨依然一言不发。

"她特别开心呢。"

莫里茨依然没有回应。

"其实这块巧克力是属于你的,胡纳先生。你想要吗?还是我们一起分着吃?"

莫里茨还是沉默。

杜拉放弃了。她一言不发地跟在莫里茨身后,莫里茨闻到了一丝忧伤的气息。

第五章　莉亚娜小姐

这天早上，在去公共汽车站的路上，莫里茨仰着头向天空的方向闻了闻。一大早天气就很闷热，上午的时候变得愈发闷热了。这种天气对邮递员来说可不好受。

邮局里有一大堆广告册等着莫里茨派送。有一些册子太大了塞不进信箱，他只能把这些广告册挨家挨户地送上门，需要从一楼爬到顶楼。但人们通常会直接把这些广告册扔掉。

小推车放不下这么多东西，莫里茨要么跑两趟，要么多背一个背包——在大热天里，这两种方法都让人很难受。他还在考虑

怎么办的时候,莉亚娜小姐出现了。

"早上好,胡纳先生!"莉亚娜今天散发出愉快的味道。她手里拿着一份报纸:"您上报纸了!我念给您听!"

煤气泄漏事故化险为夷!

感谢一位细心的邮递员,昨天中午他及时发现了一起煤气泄漏事故。幸亏他发出提醒,才避免了一场大范围的灾难。

这位细心的邮递员先生,请您到煤气公司的经理办公室来领取奖励。

"让他们慢慢等着吧。"莫里茨说,"我是不会去经理办公室的。"

"为什么不去?您肯定会得到一张奖状或者一枚奖章,因为您救了很多人的命啊。"

莫里茨正准备反驳,莉亚娜看了一眼手表,没有给他说话的机会。

"我该上班了。我们中午一点在市民酒馆见面怎么样?我们可以在那儿聊一会儿。酒馆后面的花园里可以乘凉,坐在那儿很舒服的。"

"最好还是坐在室内,"莫里茨说,"中午的时候会下雨。"

"不可能,胡纳先生!我听了天气预报,一滴雨都没有。"莉亚娜已经转身要走了,突然她又转回来,凑到莫里茨跟前,莫里茨闻到她身上除了友好还有好奇的味道。"难道您的鼻子还能闻出下雨?"莉亚娜问。

莉亚娜凝视着他的眼睛,莫里茨一时间有些慌乱,没有回答,莉亚娜接着说:"那就一点在市民酒馆见哟,拜拜!"

莫里茨一动不动地站了整整三分钟,直到内心的慌乱平静下来。他把那一大堆广告册都塞进了背包里,背在肩上。虽然背包沉得要命,但他宁愿自己受累,也不愿意跑两趟而让莉亚娜小姐等他。

但事情就是这么邪门儿:偏偏今天的派送特别耽误时间。有一些人换了住址,有些人搬家了但没有留下新的住址,还有一些人出国了。毛尔曼太太又在等着他,把他拉进厨房,只为了告诉他自己还在生他的气,还告诉他,一个楼房管理员说两个信箱的钥匙不见了,还说这事与莫里茨有关。

莫里茨累得满头大汗,他一会儿上楼,一会儿下楼。他想,为

什么只有四分之一的楼房安装了电梯。中午的时候,天色变暗,暴雨来了。大雨哗啦啦地倾盆而下,路边的排水沟发出汩汩的流水声。马路几乎被水淹没,莫里茨大步跑在空无一人的街道上。他气喘吁吁地跑进市民酒馆的时候,浑身几乎湿透了,他的脚下形成了一片小水洼。

莉亚娜小姐坐在窗边向他招手。

浑身湿漉漉的莫里茨穿过桌椅向她走去。

"看来您那预言家的鼻子真的不会错啊!"她说着向他微笑,"您不想坐下吗,胡纳先生?"

她已经点好了饭菜在等他,现在莫里茨也点了跟她一样的东西:煎肉饼配土豆和豌豆。莫里茨先喝了一份汤。莉亚娜小姐不喝汤,也不吃土豆,她只吃肉和豌豆。

"您不饿吗?"莫里茨问。

"不饿。我怎么会饿呢?我不像您要一直在风雨里奔波,好可怜哟!"

她又对他微笑了——真美好,今天她已经微笑过很多次了。莫里茨想告诉她,自己一点儿也不觉得自己可怜,反而感觉自己

是个幸运儿，因为能坐在她身边，获得她的同情——不，他一点儿都不可怜！

"但这一切马上就要改变了！"莉亚娜说。

沉浸在幸福中的莫里茨回过神来："什么？什么要改变了？"

"奔波的生活啊。您有这样的鼻子，不用再当邮递员了。"

她也这么想？昨天是超市的店长，今天是莉亚娜小姐，他们都想劝他改行。

服务员送来了煎肉饼。莫里茨觉得很好吃，只是其中某种调料有那么一点儿呛人的味道。莉亚娜小姐点了一瓶可乐，但是当服务员送来可乐的时候，她说要换成一杯苹果汁，苹果汁送来时她又要改喝橙汁。服务员一边嘀咕一边返回柜台，走路的时候双脚拖着地。

"他怎么了？"莉亚娜问。

"他很疼。"莫里茨说。

服务员弯着腰站在柜台边。他一只手撑着身体，另一只手摩挲着后背，接着他拿了一杯橙汁回来。莉亚娜小姐从包里拿出一个装着药片的小盒子。

"我头疼的时候就吃这个,它对别的疼痛也有用……"

"谢谢。我腰疼。"服务员说,"我快站不住了。"

"是不是盲肠的问题?"莫里茨问。

服务员看着他,莉亚娜小姐也看着他。

"盲肠?"服务员问。

"是啊,必须得切除。您应该马上去医院!"

一只灰色的胖猫从酒馆中穿过,停在莫里茨身边,在他的椅子腿上蹭来蹭去。莫里茨弯下腰用手指轻挠它。

"您怎么会想到盲肠呢?"服务员问,"您又不是医生……"

"但他是气味专家!"莉亚娜小姐说。

莫里茨抚摸着猫咪。

"它可真胖啊!"莉亚娜小姐说。

服务员一边收拾桌上的脏盘子一边说:"不是胖,它怀孕了。"

莫里茨点了点头:"明天这个时候,它就有五只小猫崽了。"

莉亚娜小姐等到服务员消失在后厨,才从包里拿出今天早上的报纸。她用手指着报纸,一字一句,语气庄重地说:

"狗鼻子"莫里茨

"也就是说,莫里茨·胡纳先生不仅能够闻出煤气管道的问题,还能闻出人体的问题,比如盲肠的问题。莫里茨·胡纳先生不仅能闻到过去的事情——比如我昨天去过电影院,而且还能闻出未来的事——比如猫咪明天会生出五只小猫。莫里茨·胡纳先生的鼻子还能预报天气。他完全可以当一名侦探或者在机场抓走私犯。"

现在莉亚娜小姐的语气不再缓慢而庄重,她说得飞快,而且很激动。莫里茨正在专心吃饭,他用叉子把每一颗豌豆都叉起来。

"如果留在机场,"莉亚娜说,"胡纳先生不仅能够闻出有人携带了武器、毒品或者其他违禁品,还能闻出金子、钻石和毒蛇。"

"我想胡纳先生不会这样做的……"莫里茨把盘子往前推了推,"我想,他还是愿意当个邮递员。"

"你这个死脑筋!你这个笨蛋!你这个死脑筋的笨蛋!"她把餐巾纸揉成了一团,"老天爷赐给你一次流感,而流感赐给你一个神奇的能力,一个可以让你发财的能力,你却还要继续当邮递

员！你难道一点儿雄心壮志都没有吗？"

莫里茨耸了耸肩，他很遗憾惹莉亚娜小姐生气了。

"但是我想让你有些成就！"莉亚娜说，"你总得有个现实的目标吧？"

莫里茨想了想。他有目标吗？他想要多赚点钱，想要多点假期。他还梦想有一匹马、一艘帆船，还有一座山间的小屋。但这些只是梦想，是从电视上获得的梦想，并不是现实的目标。

莉亚娜小姐等着他的回答。莫里茨闻到了莉亚娜心里对他的失望，那种幸运儿的感觉消失了。本来莫里茨这时候应该高兴的，因为莉亚娜终于用"你"来称呼他，她还为他的前途操碎了心，这确实是为他好。

但是莫里茨高兴不起来。他觉得有点儿怪味，就像煎肉饼里的那一点点难吃的调料。

莉亚娜小姐给自己点了一杯咖啡，服务员端来咖啡的时候，她说："结账。两位一起结，谢谢！"

莫里茨拿出了钱包，但莉亚娜把他的手推到一边，用过分热情的语气说："你别管了！窗口的柜员挣得比邮递员多！"这句话

"狗鼻子"莫里茨

让莫里茨很受伤。他想,莉亚娜可能早就受够自己了。但是他们出去走在街上的时候,莉亚娜让莫里茨到她的伞下来避雨。她说,从今天起,她会保护莫里茨,为他挡风遮雨。

"你真是个可爱的家伙,莫里茨,就是有些懒散。你是个老实、善良,但没什么追求的人。有一天会有人照顾你的。"

雨水敲打着雨伞。莉亚娜把雨伞拉低,给了莫里茨一个吻。莫里茨愣住了,当他反应过来自己又变成了幸运儿的时候,雨伞已经重新被举了起来,回到了原来的位置。

邮局里,大家都在忙着自己的工作。莫里茨结清了饭钱,给那些无法投递的信件盖上了"本区查无此人"的印章,然后把小推车和背包放回各自的位置。准备回家的时候,他决定去三号窗口向他的莉亚娜说声"再见"。

莉亚娜正忙得不可开交。他看着她灵活的手指,听着她用简洁的问答接待每一位顾客,欣赏着她的干练。

一位老人从窗口推进来一卷报纸。

"我要寄印刷品。"老人说。

她把那些报纸放到秤上:"没有其他了?没有信件吗?"

"只有印刷品。"

莫里茨探着身子闻了闻。"报纸中间夹了钱……"他小声说。

他不知道自己为什么要这样做,也许是为了向他的莉亚娜展示自己也很能干。

她立刻转向那位老人。"只有印刷品?"她重复道,"那里面的钱是怎么回事?您明知道这是不允许邮寄的。"

老人脸色发白,开始结巴。

莉亚娜说:"这件事我必须上报。请您到局长办公室来。"

她把一个牌子立在窗口,上面写着"窗口暂时关闭"。

"可是亲爱的小姐……"老人带着哭腔说。

莫里茨想给自己一个耳光。

"只是一张五十元的钞票而已,亲爱的小姐!给我孙子的。您不会因为一张五十元钱就举报我吧……"

他快要哭了,莫里茨发现自己也快要哭了。"莉亚娜,拜托!"他小声说,"放过这个老人吧,他以后肯定不敢了!"

"你怎么会这么想呢,莫里茨?在印刷品中夹带钱是严格禁止的,制度就是制度。我只是在履行我的职责。"

"狗鼻子"莫里茨

这时,莉亚娜散发出一种严厉的、无情的气息。

"我们走吧!"莉亚娜抓住老人的胳膊,把他带走了。

莫里茨看着他们的背影,然后低头盯着地板上那些湿漉漉的脚印,垂头丧气地离开了邮局。

没错,他沮丧地想,莉亚娜只是在履行她的职责。制度就是制度。她是一个无可指摘的员工,她这样做是有道理的。但为什么她闻起来有种不合适的味道?

杜拉透过被雨水打湿的玻璃窗向外望着,一看到莫里茨回来,她就迎了上去。

"我一直在等你呢,胡纳先生!"

"听着,杜拉,我很累,想要立刻躺下。我不能每天都陪你几个小时。"

杜拉一下子站住了,把头缩了回去,就好像被莫里茨当头打了一棒似的。

"你还在为超市的事情生我气吗?那我现在就走。这个是送给你的。"

她递给莫里茨一张对折的贺卡，贺卡是用从作业本上撕下来的纸做的。第一页上写着"送给莫里茨·胡纳"，字的周围画了一圈小花。打开后，左边画着一个华丽的女巫，右边贴着剪报，是关于邮递员闻出了煤气泄漏的报道。背面画了一颗心，周围也装饰了小花。

"谢谢你，杜拉！"

他们站在一楼楼梯的转弯处，莫里茨已经闻到了猪肉炖扁豆的味道，饭菜正在四楼的家里等着他。

"那么，再见……"杜拉说，"你喜欢那个剪报吗？"

"我更喜欢女巫和那颗心。你喜欢吃猪肉炖扁豆吗？我已经吃过午饭了。"

"我也吃过了，是煎肉饼。我现在很饱。"

幸亏杜拉想到了那只聪明的狗——施特卢普斯会很喜欢猪肉炖扁豆的。把猪肉炖扁豆送给施特卢普斯后，莫里茨脱下了那身湿漉漉的衣服，换上睡衣，躺下，盖好被子。杜拉问他："你为什么不喜欢那份报纸呢？你如果去煤气公司，就会得到一笔奖金。然后你可以给自己买点好东西，或者可以去世界各地旅行。找一

个喜欢的地方,待在那里直到把钱都花完。比如一个小岛,上面有棕榈树和椰子,海里还有彩色的鱼……要不我现在走,让你睡觉?"

"再待一会儿吧,坐在我旁边。"

她双臂抱着膝,问:

"你是不是有女朋友了,胡纳先生?"

"什么女朋友?"

"大概是一位穿棕色裙子的女士。"

他想了想,说:"嗯,对。我想是的。"

"你能闻得出她心里的想法吗?"

莫里茨望着天花板,犹豫地回答:"也不总是。有时候她闻起来不像她该有的样子……"

"那你就不应该跟她结婚。"

"是吗?"

"我呢?"杜拉问,"你闻闻我!"

莫里茨使劲地、深深地吸了一口气,好让杜拉听到自己在闻她。

"你闻起来就像新鲜的苹果。"他停顿了一下说,"我喜欢苹果,特别是新鲜的。"

"你能不能闻到你自己的味道呢,胡纳先生?"

"不能,只能闻到别人的味道。"

"但我能闻到你的味道!"杜拉说,"你闻起来就像你,像莫里茨的味道。"

"不像苹果或者别的东西?"

"比那些都好闻多了!现在睡觉吧!"

然后杜拉踮着脚离开了房间,走出莫里茨的家,轻轻地关上了门。

第六章　敏锐嗅觉的困扰

今天早上,莫里茨不想碰到他的莉亚娜——她真的是他的莉亚娜吗?他想尽量早一些推着小车离开邮局,但是他的同事们可不是这样想的。他们笑呵呵地围着他,开着玩笑,向他提出一大堆的问题。

"你好呀,莫里茨!你今天下午能不能到我家里来闻一闻?我的曾姑祖母不知道把假牙放哪儿了。它肯定是滚到屋子里的哪个角落,我们找不到了,但你的鼻子肯定能找到……"

莫里茨也跟着笑起来,他笑得有点儿勉强,但是没有人看出

来。同事们并没有恶意,也许莉亚娜小姐也没有恶意,她只是在邮局到处讲了莫里茨有超常的嗅觉。本来莫里茨以为莉亚娜会严格保守他鼻子的秘密呢,就像保守邮政机密那样。

他急忙加快脚步走出邮局大楼,但莉亚娜小姐也加快了脚步。当莫里茨穿过院子的时候,莉亚娜出现在了大门口。莫里茨转过身推开了存放邮件包裹的库房大门,藏了进去。

"早上好啊,莫里茨!"莉亚娜追上来,假装没有看出莫里茨想要逃走。

她像平时一样露出微笑,但是她散发的味道与平时不一样了。莫里茨闻到,她除了熟悉的气息之外,还散发出一种真诚的、友好的香气。莫里茨感到很疑惑。

同事们推着装满包裹的小车跑来跑去。莫里茨和莉亚娜小姐站的地方挡路了,他们两个就撤到了一排高高的箱子后面。

莉亚娜小姐把一只胳膊插到莫里茨的胳膊下面挽着他。"莫里茨,你要是着急的话,我就不耽误你了!我只是想赶快告诉你昨天在局长办公室的情况。咱们两个都立大功了!局长表扬了我的细心,但我立刻就告诉他,不是我细心,而是你。他想要提拔我

"狗鼻子"莫里茨

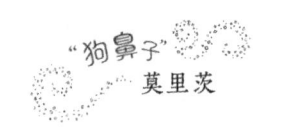

到更高的职位。以后我说不定还会一路升至主任,甚至是督察呢。是不是棒极了?你怎么不说话?"

"那位老人怎么样了?"

"不知道,我也不关心。但我对另外的事情感兴趣。"说着,她从包里拿出一个装饰着珠子的圆形吊坠:中间有三颗大珠子,周围有一圈小珠子,最外边是一圈特别小的珠子。

"这是我邻居的。你能不能帮我闻一下,这些珠子是不是真的?"

"我不帮你闻了。"莫里茨说,尽管这句话很难说出口。

"莫里茨!你到底怎么了?忘了那个老人吧!"

"不,我忘不了。我也不想忘。你的邻居可以去任何一家珠宝店里鉴定一下。"

"她当然可以去,但是我已经跟她讲了你的情况,我还告诉她我对你的信任超过任何一家珠宝店。外面那圈小珠子肯定是真的,但是中间的呢?拜托了,莫里茨……"

她把吊坠递了过去。

"中间的也是真的。"莫里茨说,"现在我要走了。"

"谢谢！我的邻居会很开心的。这些是她给你的辛苦费……"

莫里茨呆呆地看着莉亚娜小姐手中的钞票，他突然闻到了昨天那种烦人的调料味。莫里茨摇了摇头。

"我就知道你不会收的。"莉亚娜说。莫里茨闻出她在说谎。"莫里茨，别这么假清高了！我有个好办法。咱们俩中午用这些钱一起吃顿饭怎么样？"

"不。我妈妈已经把做好的饭放在炉子上了，不吃她会伤心的。"

他去推小推车，但莉亚娜小姐紧紧抓住了小推车。

这时所有不好闻的气味突然都消失了。"莫里茨，其实我喜欢你。"她说，"我所做的一切都是为了我们两个，为了让我们以后能生活得更好。如果你没有目标的话，那我来告诉你理想的生活是什么样——一套漂亮的公寓、一辆汽车、一座山间的小屋……"

莫里茨把头扭向一边。他想，真是四月天气的味道，一会儿冷，一会儿热，一会儿甜，一会儿酸……让人晕头转向。一个每五分钟变一次味道的人，时间长了我会受不了的。

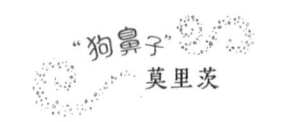

他从那堆箱子后面拉出了小推车,向莉亚娜小姐点了点头,终于出发开始了自己的工作。

中午时分,莫里茨回到邮局,看到自己的座位上放着一张纸条,是局长想要跟他谈谈。又来了!莫里茨用梳子梳理了一下头发,用刷子刷了一下工作服。

"进来!"局长说,"您来了,亲爱的胡纳先生!您请坐!"

这还是第一次。平时莫里茨来的时候都只能站在局长的办公桌和门之间,局长也从来没有——或者很少——说"请"这个字,于是莫里茨坐了下来。"奇迹啊!"局长说,"莉亚娜小姐昨天讲您的事情讲得特别陶醉。要知道她平时可是个理智的人,头脑特别冷静的。"

莫里茨认可地点了点头。理智而冷静——太对了,她是这样的。

"亲爱的胡纳先生!"局长跳了起来,他身材矮胖,在办公桌后面坐着的时候比站起来显得高大一些,因此他马上又坐了回去,"亲爱的胡纳先生,我对此很感兴趣!如果莉亚娜小姐没说错

的话,那么……总而言之,如果我请您稍微演示一下您的嗅觉才艺的话,您应该不会拒绝吧?"

他又说了"请"!尽管如此,莫里茨还是暗自想,在工作中接受鼻子检验,是否属于一个邮递员的职责范围。

"您能闻到这个抽屉里有什么吗,胡纳先生?"

局长用手指关节敲了敲办公桌的桌面。

"公文夹、纸张、曲别针、圆珠笔,还有一条牛奶巧克力。"莫里茨顺从地说。

"太棒了!"局长又跳了起来,他激动得跳了很高。他在屋子里踱着步,走到衣架前面停了下来:"我的大衣左边口袋里有什么?"

"左边有个眼镜盒,里面装着一副太阳镜。里面还有一块手帕、一个钱包。右边口袋里是车钥匙、房门钥匙和润喉糖。如果您不介意,我还要多说一句,局长您不应该吃这么多甜的东西,因为您左上的智齿上有个牙洞。"

局长一时惊得说不出话来,过了一会儿他才缓过神来。

"尊敬的胡纳先生,我太震惊了!极其震惊!我甚至觉得有义

"狗鼻子"莫里茨

务把您鼻子的情况汇报给上级领导。"

"为什么？"莫里茨说。

"为了能让您为中央所用——用于公共服务。"

"不,谢谢！这不是公共的鼻子,它只用于我的私人用途。我现在可以走了吗？"

局长思考了一下这个问题。

"如果给您加薪也不行吗？您总不会跟自己的前途过不去吧？"

他说的话与莉亚娜小姐如出一辙。

"不,谢谢！我现在要告辞了……"

"胡纳先生,您是一位出色的邮递员,是我们最优秀的员工之一。附近的老年人都特别喜欢您,这一点我一直都很赞赏。正是因为……"

您在撒谎！莫里茨想,我的鼻子有点儿痒,说明您在撒谎！您觉得我是一个经常违反职责的、很差的邮递员。而那些老人对我的喜爱,对您来说也是一无所用！

"……正是因为我这么欣赏您,胡纳先生,"局长说,"我不想

看着您误入歧途!"

怎么会是歧途?莫里茨想,邮递员是送信入户,不是误入歧途!

局长又回到办公桌后面坐了下来。

"我是为您好,胡纳先生!我想为您做一些事情。"

"那就麻烦您告诉我,昨天那位老人怎么样了,局长。就是那个在印刷品中夹带了五十元钞票的爷爷。"

"我上报了。要是所有的爷爷都在印刷品中夹带违禁的钞票寄给孙子,那还了得?我很高兴您及时闻出来了。"

"我不高兴。"莫里茨说着鞠了一躬离开了。

第七章　斑马鱼不见了

杜拉用绳子拴着施特卢普斯在门口遛来遛去。莫里茨走过来时，杜拉迎面跑了过去，拥抱了他一下，又马上松开，担心地问：

"你觉得我烦吗，胡纳先生？"

"你怎么会这么想？"

"我爸爸妈妈说，如果我一直打扰你，你就会讨厌我，就会觉得我很烦，然后你就不喜欢我了。"

莫里茨笑了："我暂时还能忍受。"

"你确定吗？那你忍受不了的时候,会提前告诉我吗？"

"我怎么会知道半个小时以后我会不会觉得你很烦呢？只有到那个时候我才会知道啊。"

"那就到那个时候你再告诉我,好吗？还是说那时候就太晚了？"

"我会尽量的。你别这样,可怜的施特卢普斯要窒息了。"

杜拉刚才说话的时候把牵狗绳一圈圈地绕在手腕上,越勒越紧,施特卢普斯愤怒地狂叫着。它是一条独立性很强的狗,每天都会自己取报纸,所以很不习惯有人用这么短的绳子牵着它。

"你从什么时候开始牵着它散步的？"莫里茨问。

杜拉脸红了："从我开始等你的时候,我需要一个借口来站在门口。"

"哦。又出什么事了吗？"

杜拉点了点头："要是有人撒谎,你能闻出来,是吗？"

莫里茨闻了闻："你是说你撒谎了吗,杜拉？"她闻起来还是青苹果的味道。

"不是我,很可能是比尔吉特。很可能她还偷东西了。"

"狗鼻子"莫里茨

"偷了什么?"

"斑马,在上体操课的时候。那时候教室里没有人。"

"斑马?"

"对,鱼缸里的两条带条纹的斑马鱼。比尔吉特还大哭着说不是她干的。不是她还能是谁呢?"

施特卢普斯还在挣扎,莫里茨帮它解开了绳子。

"等会儿,杜拉!你现在从头给我讲讲事情的经过。"

莫里茨把杜拉拉到身边,一起坐在房门前的台阶上。施特卢普斯跑到了街上,但它很快就回来了,在门前小花园里东嗅嗅西嗅嗅。

"是这样,我们教室里有个鱼缸,"杜拉讲道,"就放在窗边的小桌上,里面养着几条双色角鱼、几条红绿灯鱼、几条红鼻剪刀鱼,还有五条斑马鱼。鱼缸里的水草和蜗牛是比尔吉特带去的。比尔吉特是我们的鱼缸管理人……"

"她干得好吗?"莫里茨问。

"很好。她自己家里也有一个鱼缸,所以她知道怎么养。"

"既然她自己有鱼,为什么你觉得她还会偷呢?"

"但是她没有斑马鱼。她最近喂鱼的时候说的,大家都听到了。她说'真希望我有这样几条斑马鱼,我很需要它们'。"

"那又怎么样呢?"莫里茨摇摇头看着杜拉,"嘿,不要这么草率下结论。"他透过门前小花园的栅栏指着马路对面:"你看到那辆自行车了吗?"

"那辆白色的车?很漂亮!"

"非常漂亮。如果我现在对你说:'真希望有这么一辆白色的、漂亮的自行车,我很需要它!'然后一个小时后,这辆车被盗了,你是不是会立刻大喊:'是莫里茨偷的!他刚才说他希望有这么一辆车,他需要车!'对吗?"

杜拉愤怒地往旁边退了一下:"可是,胡纳先生,你怎么会这么想?我才不会那么说呢,你永远不会做那种事!"

"比尔吉特可能也永远不会做那种事。"

"如果她就是做了呢?也许她在体操课的时候偷偷进了教室,捞走了斑马鱼……"

莫里茨想听听体操课的情况。杜拉告诉他,大家都在更衣室的时候,比尔吉特突然发现自己忘带体操裤了。她说:"我赶快去

拿一下!"因为她家离学校只隔了几栋楼。她马上就跑了出去,尽管这是不允许的。然后又过了好一会儿,她才回来。体操课结束后,大家都回到教室的时候,杜拉碰巧看了一眼鱼缸,发现原来的五条斑马鱼只剩下三条了。"你想想看,胡纳先生,有两条鱼就这样不见了!"

"于是你立刻敲响了警钟。"

"没有警钟。我喊其他人来看,胡纳先生,换了你,你也会这么做的!那可是我们的斑马鱼呀,你不明白吗?"

"后来呢?"

"后来格雷戈尔让我们看渔网,渔网是湿漉漉的!格雷戈尔说:'有人刚刚用过渔网,就是想要拥有斑马鱼的人……'于是所有人都转向了比尔吉特,她立刻开始尖叫:'不是我,绝对不是我!'薇罗妮卡说:'明显就是你!体操课的时候你为什么离开那么久?肯定是去取裤子和偷斑马鱼了!你把鱼捞出来放在一个果酱瓶子里带回家去了。'"

"什么果酱瓶子?"莫里茨问。

"洗毛笔用的。我们教室的柜子上放着好多果酱瓶子。"

施特卢普斯气喘吁吁地跑了过来,把头放在了杜拉的膝盖上。

"后来又发生了什么?"莫里茨问。

"没有了。这些就是最后一个课间发生的,然后比尔吉特就一把抓起书包跑掉了。第五节课她都没上。"杜拉轻轻抓挠着施特卢普斯的脖子,"就是这样,现在你知道了吧,胡纳先生。"

"是的,我现在知道了。那现在需要我做什么呢?"

"闻一闻比尔吉特是不是撒谎了。我在想,我们可以马上去找她……"说到这里,杜拉突然停顿了,"当然,如果你愿意的话,胡纳先生。如果这件事不让你烦的话。"

莫里茨站了起来。他又累又饿,他的午饭还在炉子上等着他。

"好吧,那我们走吧!"他叹了一口气,拉起了杜拉的手,"你为什么不自己去比尔吉特家,看看她的鱼缸里都有些什么鱼呢?"

"因为我想跟你一起去,胡纳先生。"

比尔吉特家的楼门口有个对讲机。杜拉正在找该按哪个按

钮的时候，大玻璃门开了，一个手拿果酱瓶子的小姑娘走了出来。她的瓶子里有两条黄黑条纹的小鱼在摇着尾巴游来游去。

"比尔吉特！"杜拉张大嘴巴愣住了，"你要把我们的斑马鱼还回去了？"

比尔吉特吓了一跳。"这是我的！"她的声音有些颤抖，玻璃瓶也在她的手里颤抖着，"这是我用自己的零花钱买的。"

"你又撒谎！这就是我们被偷的斑马鱼，大家都看见了！"杜拉气势汹汹地喊道，吓得比尔吉特往后退了一步。

"杜拉！"莫里茨厉声说。他很同情那个女孩。她的眼睛已经哭肿了，脸上歪歪斜斜地挂着一副眼镜。镍制镜架的鼻梁部分已经断了，上面缠着一条粉红色的胶带。稀疏的头发扎成了马尾。莫里茨没费什么力气就闻出，比尔吉特已经哭了几个小时，也闻出了她心里的无助和绝望，以及她做了一个艰难的决定。莫里茨闻出比尔吉特的各种味道，唯独没有闻出谎言的味道。

"这是她的斑马鱼，杜拉！"莫里茨说。

杜拉不肯相信。

"那她为什么要带到学校去？"杜拉不服气地问。

比尔吉特又开始哭了。"因为你们都太坏了,因为我受不了全班同学指责我。我宁愿把我自己的斑马鱼送出去,也不愿意让你们大家……"她说不下去了,玻璃瓶在她手中震颤着,两条斑马鱼随着波浪起伏摇摆,"我想把它们悄悄带到学校去,不让任何人发现,可是现在……"比尔吉特擦了一下脸上的泪水,蒙上一层雾气的眼镜往下滑了一下,差点儿掉下来。

"可是现在,"莫里茨说,"杜拉突然出现了,你觉得杜拉会出卖你。但是她不会的。没有人会泄露一个字的。对吧,杜拉?"

杜拉深吸了一口气,点了点头。

"把瓶子给我吧,比尔吉特。"莫里茨说,"我们陪你一起去。"

学校的大门是开着的,因为有几个班下午还有课。学校的门卫破例给了他们教室的钥匙。

太阳透过玻璃窗斜射进来,鱼缸在阳光下发出微微的绿光。鱼在水草中游来游去,有胖胖的红鼻剪刀鱼、双色角鱼、亮晶晶的红绿灯鱼,还有五条斑马鱼。

比尔吉特从莫里茨手里拿过瓶子,准备倒进去。

"别动!"莫里茨喊道,"你们想要七条斑马鱼吗?"

"狗鼻子"莫里茨

"什么意思？难道不是……"杜拉盯着鱼缸数了起来。每数一条斑马鱼，她就伸出一根手指。

五条斑马鱼——一条也不少。

"你们知道这是怎么回事吗？"杜拉问，她又数了一遍。

比尔吉特端着她的两条鱼穿过教室来到最前排的桌子上，她坐下来，两只手抱住了果酱瓶。

"你不会又要哭了吧，拜托！"杜拉说，接着她想了想，"对不起，比尔吉特！我们现在和好吧，行吗？"

比尔吉特耸了耸肩，她没办法那么快就原谅杜拉。

杜拉走到鱼缸旁："但我还是不明白。本来它们在这儿——后来它们不见了——现在它们又回来了！肯定有人来过这儿……"

"上体操课的时候，"莫里茨点了点头说道，"有人把两条斑马鱼拿走了，然后他后悔了，放学之后他立刻把鱼送回来了。这有什么难理解的？"

"可是，是谁呢？"杜拉问，"是隔壁四班的吗？来，胡纳先生，你肯定能闻出来……"

"不!"莫里茨语气坚定地说。杜拉正想要求他把整个学校闻一遍。莫里茨说:"事情已经解决了。"

"根本没有解决!这个人是小偷儿……"

"并不是真正的小偷儿,"比尔吉特说,"真正的小偷儿会把东西据为己有,但这个人已经改正错误了。"

莫里茨走到前面,坐在第一排凳子上。"你是个好孩子,比尔吉特。"他摸着比尔吉特的头发说。

杜拉的眼睛里充满了愤怒。"可爱的、善良的小偷儿!"她说,"现在我们可以走了。"

她昂首阔步地走出了教室。在街上她也固执地跟在莫里茨和比尔吉特身后走。比尔吉特在家门口跟他们说再见时,杜拉也几乎没有任何回应。

莫里茨任由杜拉生闷气。杜拉执拗地跟在莫里茨身后,直到他转过身来。

"你不应该夸奖她……"她低声埋怨道。

"夸奖?"莫里茨想了好一会儿,才想起来刚才自己摸了比尔吉特的头发。

"狗鼻子"
莫里茨

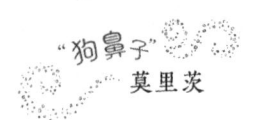

"听着,杜拉!比尔吉特是个可爱的孩子。"他弯下腰,使劲闻了闻杜拉,"你知道你现在是什么味的吗?"

"苹果味。"杜拉面带愠色地说。

"还有倔驴味。淡淡的苹果味和浓浓的倔驴味。"

"倔驴是什么味?"

"臭味,会让我的鼻子很难受。拜托你把倔驴关起来吧,杜拉!它弄得我很烦躁。"

第八章　莫里茨的生日

接下来的几天没有发生什么特别的事情,除了星期三。

星期三那天,蓝天鹅饭馆休息,所以胡纳太太没有出去。她坐在客厅里织毛衣。而在一楼的杜拉此时正坐在儿童房里写作业。她刚才一直站在窗前等着莫里茨回家,但没有等到。莫里茨肯定已经过去了,早就上楼了。杜拉只是想跟他打个招呼,说"胡纳先生,你还好吗",顺便问一下后天的天气怎么样,因为后天她要出去郊游。

门铃响起的时候,胡纳太太很惊讶。三点——三点有谁会来

呢？当杜拉看到开门的不是莫里茨而是他的妈妈,她手里还拿着一根毛衣针的时候,杜拉也很惊讶。

"你好啊!"胡纳太太说,"你不进来吗,小宝贝?"她开着门。杜拉不喜欢"小宝贝"这个称呼:"我叫科杜拉。"

"那我就叫你科杜拉。进来吧,科杜拉。莫里茨不在家,但是咱们两个也可以聊一会儿,你觉得呢?"

可以,杜拉也这么想。她跟着胡纳太太走进客厅,坐在椅子边上晃荡着双腿,看着毛衣针互相碰撞发出嗒嗒声。

"我在给莫里茨织毛衣,"胡纳太太说,"他快要过生日了。"

杜拉停下了晃动的双腿,问:"什么时候?"

"一周之后的星期六。非常欢迎你到时候来做客,科杜拉!"

胡纳太太露出和蔼的微笑。杜拉也用微笑回应,继续荡起了她的双腿:"您可以叫我杜拉。胡纳先生也叫我杜拉而不是科杜拉。"

"因为他是你的朋友……"

"我最好的朋友!"杜拉骄傲地说,"这件毛衣是生日的惊喜吗?"

胡纳太太点了点头："是的,如果莫里茨那神奇的鼻子没有提前闻出来的话。但就算他早知道了,他也会假装不知道的!他不想让我失望。在这方面他是个善解人意的人。"

善解人意,这对杜拉来说是个新词,一个很美好的词。这个词听起来就像丝绸一样柔软。

"您觉得我是不是善解人意的人呢?"

"肯定是。你最近还问过他是不是觉得你很烦,对吧?只有善解人意的人才会这样问,愚钝冷漠的人是不会想到这些的。"

杜拉坦白说,这个想法不是她自己想到的,而是她的父母提醒的。

"这不重要。"胡纳太太安慰她说,"善解人意不一定都是天生的,也可以后来学会。"

"但胡纳先生天生就是善解人意的,对吗?他很小的时候肯定就是个善解人意的宝宝了。"

"那时候他是个吵闹鬼!"

胡纳太太从抽屉里拿出一本相册:"你要不要看看胡纳先生小时候长什么样?"

这本相册有着皮质的封面，上面印着金色的字：我们的孩子。

第一张照片是在一个农家小院里拍的。篱笆前面站着一个年轻的男人和一个年轻的女人，他们都面带笑容。女人的肚子又大又圆。照片下面写着：莫里茨出生前8天。

杜拉咯咯地笑了。给一个还不存在的孩子照相，她觉得很好玩儿。准确地说，他已经存在了，但是不在外面。杜拉想，她回家一定要问问，妈妈有没有怀着她或者阿克扫托时拍的照片。

杜拉指着那个男人说："这是他爸爸吗？"

"不，这是我哥哥。"胡纳太太说，"莫里茨没有爸爸。我是说，他当然有爸爸，没有爸爸就没有孩子。但是他爸爸没有管过我们，我是一个人把莫里茨带大的。"

杜拉也想给出一个善解人意的回应，但她不知道该怎么说。她继续往后翻。照片里有莫里茨小时候在农场，莫里茨和小猫小狗，莫里茨和两只小猪，莫里茨在牛棚，莫里茨在鸡舍，莫里茨手抱着白色的母鸡，莫里茨骑着马，莫里茨坐着拖拉机……

莫里茨六岁的时候，胡纳太太搬到了城里。从后面的照片里

可以看到,莫里茨刚入学时抱着开学大礼包,在普拉特公园里拿着气球。杜拉继续往后翻。胡纳太太抻着脖子与她一起看着相册,手里的活儿也没有停下。"他一直是个帅小伙儿……"她动情地说。

杜拉沉默了。她既不喜欢普拉特公园里的莫里茨,也不喜欢抱着开学大礼包的莫里茨。她根本不喜欢小时候的莫里茨,她很高兴自己当时还不认识他。照片里的那个男孩看起来与其他男孩一样——这些男孩怎么能跟她的胡纳先生相提并论呢?

"当时没有人发现他有个神奇的鼻子吗?"杜拉问。

"没有。他当时和其他孩子一样。"胡纳太太一边织毛衣一边点点头,"非常普通。他当时没有任何特别之处。"

"但他现在很特别!"杜拉喊道,"您知道吗?他还能闻到马路下面的煤气味呢!"

"报纸上写了,幸亏没有写他的名字。"

"您知道吗?他还能隔着信封闻出信上的内容,还能预报天气,甚至能知道一只母猫会生出几只小猫!"

"是吗?这些事他还瞒着我,可能是怕我担心吧。"

"因为他是个善解人意的人!"杜拉点了点头,"您知道,他有一个女朋友吗?"

"女朋友?"胡纳太太停下了手中的活儿,"什么样的女朋友?你认识吗?"

"不认识。也许她并不适合胡纳先生,她闻起来与她的外表不一样。"

杜拉继续往后翻。她最喜欢的是十二岁的莫里茨与一个好朋友手挽手的照片。

"他叫艾里希。"胡纳太太说,"他以前也住在这栋楼里,他们两个每天形影不离,一起踢球,一起划船——是真正的好哥们儿。但后来艾里希搬家了,去了另一个城市……"

毛衣针的嗒嗒声又响了起来。

杜拉翻完了整本相册,然后说,现在她得走了,要回家做作业。她感谢胡纳太太邀请她参加生日聚会。

杜拉在楼道里就开始思考,应该送什么礼物给莫里茨,但她想不出什么好点子。写作业的时候她还是没有想出来,等到阿克扫托"喵"的声音传来时,杜拉就更想不出来了。阿克扫托的叫声

很有穿透力,他们边叫边从蓝色的帘子那边爬过来,假装成小猫让杜拉给他们挠痒痒。直到晚上,杜拉躺在床上才终于想出来,她要送给莫里茨一本书,一本她自己写、自己画、自己装订的书,她连书名都想好了:长着聪明耳朵的男人。

莉亚娜小姐从人事部打听到了莫里茨的生日。她给莫里茨买了一条带有银灰条纹的暗红色领带,虽然莫里茨平时常穿高领衫很少戴领带,但是莉亚娜小姐不停地在想象莫里茨的未来:对于他现在工作和生活的圈子来说,穿高领衫就足够了;可是一旦莫里茨接下来——在她的帮助下——跻身更高阶层的圈子,即"领带圈"里,穿高领衫就不够了。不过莉亚娜小姐并没有说出这个想法。她在跟莫里茨聊天儿的时候还是一如既往的态度友好。莫里茨很喜欢听她说话,只是那种隐约存在的怪味一直持续困扰着他。他想,也许我慢慢就会习惯了,谁都会犯一些错误。如果她身上有些我不喜欢的东西,我不去闻就好了。

杜拉在期盼着莫里茨的生日,生日礼物她周六中午才准备

好。她给礼物包上漂亮的包装纸,外面用丝带系了一个蝴蝶结。正在这时,爸爸走进了房间:

"亲爱的女儿,今天下午你得照看两个弟弟。"

"不!"杜拉喊道,她把阿曼达扔到了地上,"照看他们两个?我不管!"

"哦,你会管的,就算帮我个忙。我们的新领导要招待所有员工和他们的配偶,但可惜不能带孩子。这场招待会很重要,不参加的话会很不礼貌。你已经是大孩子了,你很懂事的。"

"我也要去参加一个招待会。"杜拉生气地说,"胡纳先生要过生日,这件事同样重要。我要是不去的话,更不礼貌……"

"但是亲爱的女儿,你能搞定的!胡纳太太说了,你带着阿克瑟和奥托一起去,她会更开心呢。"

"但是我不开心!"杜拉气呼呼地说,"要是他们两个吵架怎么办?那会让胡纳先生头疼的。而且他们两个也没有准备生日礼物。"

"有啊。"妈妈在门外说,"我刚才包好了两个动物形状的香皂,在五斗柜上面。旁边放着他们的干净衣裤。他们起床以后,你

帮他们穿上。杜拉,你自己也打扮得漂漂亮亮的。穿那条波点裙吧,那件很好看。"

"不,那件很做作,我穿牛仔服去。"

"随你吧。"妈妈说。

爸爸只是长出了一口气。

爸爸妈妈走了之后,杜拉捡起了她的小乌龟,把它放在床上,细心地帮它盖好被子。"对不起,阿曼达……"

然后她穿上那条波点裙,站在镜子前仔细梳理她的红棕色头发,直到镜子里的女孩看起来乖巧可爱,甚至有点儿陌生。这个乖巧的女孩从厨房里拿来一口锅,然后使出浑身力气把锅扔在儿童房门口的地上,阿克扫托终于醒了。她帮他们两个穿上衣服,三个人拿着礼物上楼去胡纳家了。双胞胎兄弟穿着雪白的衬衫和干净的裤子,看起来像小王子一样。阿克瑟拿着一只香皂小兔,奥托拿着一只香皂小狗,杜拉带着她的书。

莫里茨穿着新毛衣,虽然对于现在的天气来说,毛衣有些太厚了。他拆开小动物香皂的包装,闻了闻,说:"我还从来没有用香喷喷的小兔和小狗洗过手呢,可惜它们洗着洗着就会变得越

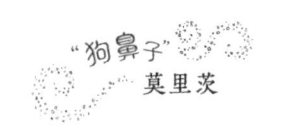

来越小。"双胞胎立刻齐声大叫起来,他们可不能让这两只可爱的小动物变得越来越小,绝对不行!阿克瑟把他的小兔子要了回去,奥托也把小狗要了回去。他们两个一直大吵大闹,直到胡纳太太端来了热巧克力和蛋糕,他们才安静下来。

这时候,莫里茨已经拆开了杜拉的礼物,包装盒上写着:长着聪明耳朵的男人,书名下面画了一张圆圆的脸,像红苹果一样的脸颊两侧有着一对大大的招风耳。

杜拉小声对莫里茨说:"我特意画了一个大耳朵男人,而不是大鼻子男人,这样就不会让所有人一眼看出画的是你。"

莫里茨读了起来:"从前有一个男人,他的耳朵能听到一切,就算是很小、很远的声音也能听到。他能听到地下室里小老鼠的心跳声,能听到蚯蚓先生对蚯蚓太太说早安,还能听到鱼聊天儿的声音,甚至能听到蜘蛛和蜗牛的声音。夜里他还能听到星星在说话……"

莫里茨仔细地看着那些插画。他正在数蜘蛛的腿的时候,外面传来了门铃声。莫里茨闻了闻气味,脸红了。他把杜拉的书放在桌子上,跑了出去。

门厅里传来一个女人的声音:"生日快乐!"

"谁啊?"胡纳太太问,"我们没有邀请其他人啊,亲戚们晚上才来呢。"

杜拉立刻就知道了,是莉亚娜小姐。莫里茨把她带了进来。莉亚娜小姐脸上洋溢着灿烂的笑容,她向胡纳太太问好,说:"能认识我们莫里茨的母亲,我太荣幸了!"

我们莫里茨!就好像莫里茨属于她一样!杜拉想。

双胞胎已经吃了蛋糕,喝了热巧克力,现在他们的衬衫看起来不像刚才那么雪白,他们也不像小王子了。他们从椅子上滑下来,又开始了争夺动物香皂的大战。现在他们抢到的都不是自己的,阿克瑟拿着小狗,奥托拿着小兔,他们大叫着互相追逐。

莉亚娜小姐捂住了耳朵:"真吵啊!莫里茨,你不能让这两只小猴子出去吗?"

杜拉生气地说:"他们不是猴子,是我弟弟!"然后她对阿克扫托说:"我们走吧!"

莫里茨站在莉亚娜小姐身边,尴尬地看着她送的礼物。

"领带很高档……"胡纳太太说。

"狗鼻子"莫里茨

"对我来说过于高档了！"莫里茨说。

杜拉把《长着聪明耳朵的男人》夹在胳膊下面，拉着哭哭啼啼的双胞胎走了。

胡纳太太追了出去："别生气，杜拉！明天你再来吧，帮我们把蛋糕吃完！"

杜拉一言不发地摇了摇头，她闭上了眼睛，不让眼泪流出来，但是泪水还是涌出来，流到了她的脸颊上。兄弟两个看见姐姐哭了，立刻安静下来。

他们沿着楼梯慢慢往下走，杜拉使劲夹着她的书。她本想赶快跑回家，无奈两个弟弟还太小。她只好紧紧抓着栏杆，一个台阶一个台阶地往下走。走到三楼的时候，楼上的门开了，莫里茨追了下来。

"杜拉！我的礼物去哪儿了？"

"你根本不需要它！你已经有女朋友送的那个红色的东西了！"

"我当然需要！"他从杜拉的胳膊下拿过了书，塞进了毛衣下面，"你又胡闹了，杜拉！"

他快速弯下腰,抱了抱杜拉。

莫里茨返回家的时候,一进门就闻到一股怒气。

莉亚娜小姐坐在桌边,从手提包里拿出一沓信件。

"这是给谁的?"胡纳太太问。

"给莫里茨的,都是看了他的广告的读者寄来的信。"

"我的广告?!"莫里茨惊讶地盯着莉亚娜小姐,莉亚娜把一则报纸广告推给了胡纳太太。

您在为生意担忧吗?

您是否遇到了个人生活的难题?

拥有特异功能的天才将帮您掌握命运!

他拥有超乎寻常的神秘力量,他能洞悉过去、现在和未来。

为您提示危险,帮您辨别机遇!

确保成功!

绝对科学!

严格保密!

"可是莫里茨!"胡纳太太喊道,"要是换作我,我是不会在报纸上登这些的!"

"换作我,也不会!"莫里茨说,"莉亚娜,你至少应该先问问我的意见!"

"那你会怎么说?你会说你不愿意!"她露出了毫不在意的笑容,"我说过我会关照你的,我说到做到。"

莫里茨看着妈妈,妈妈也看着莫里茨。

莉亚娜小姐用手指敲着那些信件:"你看,有这么多人对你感兴趣。可惜其中有很多疯子,这些傻瓜写了一堆无关紧要的废话。这儿有废纸篓吗?"

莫里茨从旁边的房间里拿出了一个纸篓。

"哪些重要?哪些不重要?"莫里茨问。

"很简单,重要的就是那些有价值的、能挣到钱的。"

她把第一封信拿在手里,粗略地看了一遍。

"这是一位森林管理员,他的几棵树生病了。当他发现的时候已经太晚了。他想问,你的超能力有没有强大到可以及时发现生病的树木,以防止它传染给其他树木……"莉亚娜小姐把这封信拿到了纸篓上方,"不重要!"她松手让信件掉了下去。

"为什么那些树不重要?"莫里茨问。

"拜托！这么一位森林深处的守林人，对我们来说毫无用处。"莉亚娜已经把第二封信拿在了手里，"一位老教师忘了自己把书借给谁了。她请你帮忙找出这个人，把她那些书要回来……不重要！"

那封信哗哗响着落入了纸篓。

"为什么那些书不重要？"莫里茨问。

"继续。这又是一个奇怪的家伙。他总是到处乱放自己的雨伞，现在他不知道……进纸篓吧。"

接下来的信件内容有：寻找走失的小猫小狗、飞丢的鹦鹉，两个搞发明的人问他们的最新发明是否有希望成功，还有一个人忘记了自己想要发明什么东西……进纸篓。有个足球运动员想知道他下一场比赛能进几个球，还是进纸篓。一位作家想写一部小说，他已经想好了结尾，但还缺开头和中间部分……

"可笑又无关紧要。"莉亚娜小姐叹了口气，打开了下一封信，"这儿还有搞笑的呢。一个魔术师给你寄来两张门票，想要认识你。他来自郊区的一个流动小剧团。"那封信和两张门票也进了废纸篓，纸篓已经渐渐装满了。

"狗鼻子"莫里茨

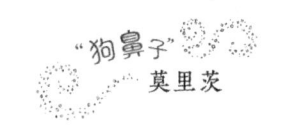

"看看还有什么,一个刚订婚的人想知道自己爱上的、将要结婚的人是不是适合他。不重要,进纸篓。哦,现在有意思的来了!终于有几个人提到了报酬。先说这个,一位老伯爵,二十年来一直在他那破败的宫殿里寻找传家宝,如果你能帮他找到的话,他会分给你一半。这笔交易可能很划算哟。还有这封商务信函,来自一家大型园圃。那里有几百袋郁金香球茎被搞混了,请你按照它们将来的花朵颜色分类,有红色、黄色、淡紫色等。"

莫里茨轻轻地叹了口气,痛苦地说:"别念了,莉亚娜!老伯爵,传家宝,郁金香球茎,你为什么说这些有意思?"

"能挣钱啊。"莉亚娜不理会他,继续说,"最有意思的信来自一家商场的经理。他想与你面谈。他想要雇一名侦探来调查商场的失窃案……"

"我什么也不想调查……"莫里茨越来越不开心,没精打采地坐在椅子上。

"但是他承诺奖金了。"莉亚娜小姐说。

胡纳太太在一旁看不下去了。"我们聊过头了,我得去厨房准备晚饭了!"她指着墙上的挂钟喊道,"否则亲戚们来的时候饭

菜还没准备好。"

莉亚娜小姐自告奋勇要帮胡纳太太一起做饭。她拌沙拉,摆拼盘,给莫里茨演示怎样把餐巾折成漂亮的形状。客人们准时到来,莉亚娜小姐整个晚上都表现得特别亲切可人,所有的亲戚都一致认为:能遇到这位小姐是莫里茨最大的福气!

大家很晚才告辞。

只剩下莫里茨独自一人的时候,他拿过纸篓,翻出了魔术师送的两张门票。

"杜拉,我们一起去……"他自言自语道,"魔术表演会让我们开心的。"

第九章　小偷儿"鼹鼠"

第二天下午,莉亚娜小姐让一位女同事替她的班,自己准备陪着莫里茨去那家大商场。莫里茨急匆匆地派送完邮件,坐车回家,狼吞虎咽地吃了饭,用最快的速度冲了个澡,穿上干净的衬衫,系上了红领带。他跑下楼的时候,杜拉正坐在窗台上。

"你去哪儿啊,胡纳先生?等等我,我也去……"杜拉说着就准备跳到门前的小花园里。

"我没时间了,杜拉!下次吧,好吗?"

但杜拉还是跳了下来。当他回头的时候,看到杜拉站在花园

门口看着他。

莉亚娜小姐已经在商场门口等他了。她穿着套装,戴着一顶小帽子。莫里茨本可以为她感到骄傲的,但是他心里并没有这样的感觉。他心情压抑,对于即将面对的事情内心充满抵触。

这家商场共有五层,经理办公室在顶楼,他们坐电梯上去。

五楼的走廊两侧有很多扇门,莉亚娜小姐敲了其中一扇上面写着"经理办公室"的门。办公桌边上坐着两位年轻人,一位满脸通红,另一位面色苍白、神情紧张。房间里充满争吵的气息,闻起来就像两个人刚刚经历了一场暴风雨。面色苍白的那个人带着莫里茨和莉亚娜进了隔壁的房间,那里也有着同样的气息,办公桌前还坐着一位哭红了眼睛的女士。

"我们预约过了。"莉亚娜小姐说。

刚刚哭过的女士把他们带到了旁边的屋子里,那里宽敞明亮,还有一扇可以通往楼顶花园的玻璃门。有两位男士坐在沙发椅上,旁边的茶几上放着一张报纸,广告部分用笔做了标记。两位男士一胖一瘦,他们抽着烟,吐出的烟雾让空气都变得浑浊

"狗鼻子"莫里茨

了。莫里茨透过这些烟雾闻了闻,他确定隔壁房间的暴风雨与这位瘦瘦的先生有关。他应该就是经理。他闻起来心情很差,对所有的人和事都不满意,包括对自己。

莫里茨确定,另一位男士是警察局的警察。

"我是胡纳。"莫里茨说。

"我是他的秘书。"莉亚娜小姐说。"秘书"这个词让莫里茨喜欢真相的鼻子感到一阵瘙痒。他忍住没有打喷嚏,却擤了好一会儿鼻涕。

经理拿起了报纸,掐灭了手上的烟,又重新点了一支。

"这个广告只是个噱头吧?是您的广告代理商想出的花招儿?还是您真的想让我相信您……"经理用嘲讽的语气读出了那些话,"拥有超乎寻常的神秘力量?谁会相信这些幼稚的胡话?反正我不会!"

"他可以向您证明!"莉亚娜小姐面带胜利的微笑说,"您可以问他几个问题,然后您自己来判断。"

她快速地看了一眼莫里茨,那眼神是在说:"加油!别让我丢人!"

莫里茨顺从地点了点头。接下来肯定又是老一套：抽屉里有什么，裤子口袋里有什么，这些讨厌的问题。

经理往后靠在沙发背上："那好，您告诉我，我现在脑子里在想什么！"

莫里茨凝神静气，把所有的嗅觉都集中到了经理身上。

"您脑子里有很多不同的想法。您想，这是您今天的第二十支烟，您不能再抽了；您想，这个愚蠢的、自以为是的年轻人其实是个骗子；您想，您的鞋买小了一号；您想，您刚才大发雷霆是有道理的，因为您的两位秘书显然没有努力工作……但其实您并没有道理，您只是心情不好——因为鞋子挤脚，因为您没有睡好，还因为商场里发生的恼人的事，但您解决不了……"

莉亚娜小姐脸色变得苍白。

经理说："厉害。"

警察笑着问："厉害？意思是他说对了？"

"说对了。"经理咕哝着。莫里茨闻得出，他深受侮辱。

警察拍了拍莫里茨的肩膀："那您就是我们要找的人了，胡纳先生！"

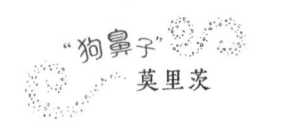

莉亚娜小姐恢复了笑容。

经理又拿起一支香烟,思索了一下,叹息着放了回去:"我们说正事吧。我会很高兴看到胡纳先生领取反扒奖金。"

莫里茨一边闻一边想,他不会高兴的,该付钱的时候他会很生气。

警察说:"胡纳先生,事情是这样的,我们这段时间一直在追踪一个三人或四人的盗窃团伙,但还没有抓到。这些家伙特别狡猾!他们已经作案多起,潜入上了六把锁的商店,闯入无人的住宅,他们最喜欢的就是像这样的大商场。有时候他们会挖地道进去,所以人们给他们起了个绰号——'鼹鼠'。"

莉亚娜小姐和莫里茨点了点头,他们听说过"鼹鼠"。

"这家商场,"警察继续说,"他们已经闯进来两次了。他们把摄影部的器材都偷光了,尽管夜间值班员一直在商场里巡逻检查,但小偷儿就是从他们眼皮子底下偷走了那些昂贵的器材。"

莉亚娜小姐笑了:"在胡纳先生的鼻子底下是不会发生这种事的。"

莉亚娜突然这么开心,让两位先生都很惊讶。

"因为他的鼻子,"莉亚娜解释道,"他是一位有着神奇鼻子的嗅觉大师。"

"啊哈,"警察说,"原来是这样啊。你是用鼻子闻出来的,我还以为刚才是心电感应呢……"

经理这时还是抽起了烟。他根本不在乎胡纳先生是怎么做到的,最重要的是他能抓到那些"鼹鼠"。估计那些小偷儿最近还会第三次来这里作案。"他们一定会来!"他大喊道,"这次有您在了,小偷儿追踪者胡纳先生!您找出那些'鼹鼠',抓住他们!"

"抓住他们?"莫里茨吓了一跳,"我吗?"

警察哈哈大笑,安慰他说:"警察局已经准备好抓捕他们了。有十二名警察分散在商场各处等信号。您可以放心,胡纳先生,我负责指挥行动。如果您同意的话,我们两个现在就在商场里转一圈,我带您了解一下环境。今晚商场打烊之后我们就留在里面等着。"

莫里茨闷闷不乐地跟着警察在整个商场里走了一遍,从一个区域到另一个区域。

"我希望您腿脚很好,胡纳先生!夜间电梯都会停掉的。"

"狗鼻子"莫里茨

莫里茨本来想说,作为一个邮递员他当然腿脚很好,因为邮递员每天很早就要准时上班,但是邮递员需要七个小时睡眠。他还想说,他对夜间探险毫无兴趣,既不想抓小偷儿也不想抓鼹鼠。但是他想到了莉亚娜小姐,于是他把这些话咽了回去。

"每个楼层都藏有我们的人,"警察说,"他们不动声色地潜伏着。而您要做的正相反,亲爱的胡纳先生,您要多走动,同样也要悄无声息。您要一直走,要穿运动鞋和黑色的运动衣……"

莫里茨想象着这样的场景:自己穿着一身黑衣,蹑手蹑脚地走在漆黑一片的商场里,到处东闻闻西嗅嗅,悄无声息,只有心在嘣嘣乱跳。他想象着自己要在漫漫长夜里坚持着不能睡觉,每次经过卧室家居用品区域的时候,都会想要躺在其中一张床上。他想象着早上天亮的时候,失望的警察们从藏身之处出来,宣告这次"鼹鼠"抓捕行动失败的时候,自己将有多开心。他自己并不会感到失望,只有累,累得要命。他想象着,还有一个小时的时间可以睡觉,他回到家里,躺在自己的床上,睡到闹钟发出刺耳的铃声,接着开始了一天疲惫不堪的投递工作。

莫里茨的想象完全正确,接下来的三天三夜就是这样度过的。胡纳太太非常担心,莉亚娜小姐表现出同情,但要求莫里茨坚持下去,提醒他想想那高额的奖金。

杜拉呢?

杜拉有时坐在窗台上,有时牵着施特卢普斯在门口散步,她不明白发生了什么。这几天莫里茨要么急匆匆地从她身边飞奔而过,要么拖着疲惫的脚步走过,累得几乎要摔倒。

"我见过你妈妈了,胡纳先生。她说你这样会生病的,让我照看你一下……但是我不知道该怎么照看你,我也不知道发生了什么事……"

"是'鼹鼠'的事,杜拉。我有个任务要完成,一个秘密的嗅觉任务,很费时间……"

"我能帮你吗?也许我能帮你搞定'鼹鼠'的事,就像你帮我解决斑马鱼的事。"

"不,谢谢,杜拉。等事情一结束,我就告诉你一切。另外,我们两个还可以去看一场魔术表演。"

这是个小小的安慰,但也只是个很小的安慰,杜拉只要还不

知道发生了什么,不知道什么时候会结束,她就没法儿放心。

在商场里度过的第四个夜晚,莫里茨刚刚穿过位于二楼的女装区,就闻到一楼传来一股陌生的味道。他悄无声息地沿着楼梯走下去,伸手去摸索包里的无线对讲机。气味来自灯具区,莫里茨越走近就闻得越清楚。

"原来'鼹鼠'是这个味的!"他喃喃自语,"有三个人。他们每个人闻起来都不太一样,但是都有种小偷儿的味道。"

他掏出对讲机,拉出天线,对着麦克风悄声说:"灯具区……"正在这时,他被地上的一根电线绊了一下。他在漆黑中伸出手想寻找支撑,不知道抓住了什么东西,接着就摔倒了。原来他刚才抓住的是一个拉杆开关,唰地一下,几百盏灯都亮了,吊灯、霓虹灯、落地灯、射灯、吸顶灯、舞台灯……

莫里茨被晃得闭上了眼睛。当他重新睁开眼的时候,看到三只"鼹鼠"正在逃窜。但他却只能像一只鹤一样单腿站在那里,因为他摔倒的时候崴了脚。

警察从四面八方冲过来追捕"鼹鼠",他们把楼梯间、各个售

货区、厕所里都搜寻了一遍,但却一无所获。"鼹鼠"们已经无影无踪了。这时候外面警铃大响,商场已经被警方包围,车灯照亮了墙面。

没有人关心莫里茨。他一瘸一拐地走下楼梯,找到了一扇开着的门——一出门他又不得不闭上了眼睛,因为他站在一片明亮的灯光下。

"举起手来!"

他照做了。他单腿站立着,高举双臂,眯眼看着一片明晃晃的灯光。警察火冒三丈。

"你这个笨蛋!完全就是白痴!愚蠢!怎么会有人笨成这样呢!已经发现了那些家伙,却还让他们跑了!真是不可思议!"

他骂骂咧咧停不下来。莫里茨能理解他的愤怒,但他觉得警察还是可以礼貌一些的。

"我的脚很疼,我想回家!"莫里茨说。

胡纳太太睡眼惺忪地从房间里走出来,当她看到莫里茨一瘸一拐地走进门时,一下就清醒了。她给莫里茨抹了一些药膏,

又说了很多句谚语,然后准备去上班了。

莫里茨的脚踝肿了起来。

"今天你不要去上班了。"胡纳太太说,"我给你请个病假。今天你就躺着,终于可以好好补个觉了。小腿抬高,冷水敷好,不要乱跑,很快就好。"

第十章　魔术表演

魔术演出的场地位于非常偏远的郊区。得到杜拉父母的许可后,莫里茨带着杜拉坐了好久的车,然后换乘,再继续坐车,最后坐上一辆半小时一趟的公共汽车。

"你现在可以告诉我了吗?"杜拉在路上问。

莫里茨给她讲了在商场里度过的三个无聊的长夜和第四个惊心动魄的夜晚。他讲了自己被电线绊倒的倒霉事,还有警察的愤怒。

"但这根本不能怪你啊!"杜拉很生气,"灯具销售部把电线

到处乱放,这也不是你的问题呀!"

"我妈妈也是这么说的。"

"你的女朋友呢?她怎么说?"

"她没说什么,只说我应该更小心一点儿的,还说很可惜拿不到奖金了。"

实际上,莉亚娜小姐还说了很多,她说的话几乎跟警察一样多。她说莫里茨是个失败者,说他们本来是可以得到那些钱的。最后她塞给莫里茨一个新的地址:午马工厂。莫里茨昨天已经去过那里了,但很不愉快,现在想起来依然反感。

杜拉扯了扯他的袖子:"你生女朋友的气吗?生警察的气吗?我们要不要回击?我肯定能想出办法的。"

"没必要,杜拉。那位警察已经向我道歉了。他来找过我,问我的脚怎么样了,还问我如果有了'鼹鼠'的新线索要不要再次参加行动。"

"你会参加吗?"

"不会。"

汽车拐了个弯,一个急刹车停了下来。

"终点站。杜拉,我们到了。"

演出在一家旅馆里举行。大厅是刚刚粉刷过的,天花板上挂着纸做的彩带,舞台上闪烁着彩灯。观众们围坐在一张张小桌旁,一边吃喝一边看节目。入口处有个胖女人在检票,她把莫里茨和杜拉带到了最前排的中间位置,这是整个大厅里最好的座位。莫里茨买了一份节目单。魔术是最后一个节目,前面的节目有小丑表演、钢丝舞、杂耍、双人杂技。每位演员都有一个好听的名字。小丑名叫尼诺·卡瓦列罗,魔术师名叫迪亚贝罗·迪亚贝利,钢丝舞演员名叫露娜·伦迪奈塔。

杜拉很兴奋,一直喋喋不休,直到大幕缓缓拉开。

"开始了!"莫里茨小声说。

杜拉抓住了莫里茨的手:"希望我一会儿不要想上厕所!我每次特别激动的时候就会想上厕所。"

大厅的灯光熄灭了。明亮的舞台上出现了一个小丑,他手拿一把很小的小提琴,脚穿一双很大很大的鞋子。他拖着脚走了几步,摔了个大马趴,站起来继续跌跌撞撞往前走,又摔了个屁股蹲儿,砰的一声坐爆了裤子后面拴着的大气球。观众们大笑,小

丑哭哭啼啼。

杜拉小声问莫里茨,小丑是不是真的哭了,是不是应该同情他,还是他只是在搞笑,她也可以跟大家一起笑。

"一起笑。"莫里茨说。

接着小丑拉起了袖珍小提琴,后来又弄丢了鞋子,裤子也找不到了,总之他碰上了太多奇奇怪怪的倒霉事,直到最后笨手笨脚地走下台去。

观众鼓起了掌。

"你觉得他好笑吗,胡纳先生?"

"挺好笑的。"

"我也这么觉得。我跟你的感觉总是很相似。"

"我可不希望这样。杜拉,你应该有自己的想法。"

"可我的想法总是跟你的一模一样啊,我有什么办法?"

演出继续。

杂耍演员登场了。那人转动着一根长长的、有弹性的棍子,把一个盘子高高抛起,用棍子的一头儿接住,让盘子旋转起来。一个有着一头黑色鬈发、身穿亮片裙子的女孩又递给他一个盘

子。杂耍演员再把盘子抛起,接住,然后是第三个盘子,第四个盘子——直到最后有六个盘子在棍子上旋转。

杜拉看得入迷。她在座位上动来动去,一会儿跳起,一会儿坐下。

"你现在想去厕所吗?"莫里茨问。

"不。你觉得他是不是很棒?"

"相当棒。"

接着杂耍演员又用瓶子、球、橡胶圈表演。穿亮片裙子的女孩把他要用的东西递给他,把用完的东西拿下去。

接下来上场的是跳钢丝舞的女演员。她身穿天蓝色的短裙,金色的头发上戴着一顶天蓝色的小帽子,还打了一把天蓝色的伞,杜拉觉得她美极了。她在钢丝绳上小步跑动,一会儿往前,一会儿往后,不时屈膝行礼,轻盈跳跃。背景音乐播放着一首华尔兹舞曲。

"你知道这是谁吗?"莫里茨小声说,"她就是刚才那个穿亮片裙子的女孩。"

"可是刚才那个女孩是黑色鬈发啊……"

"但其实就是她。"莫里茨皱了皱鼻子,"我闻出来了。"

钢丝舞之后有一段短暂的休息时间。一个女服务员走来走去,为大家点餐。

"现在该杂技表演了。"莫里茨说。

一个身体强壮、穿着紧身衣的男人扛着一个女柔术演员走上台。

"这还是那个亮片裙子女孩。"莫里茨说,"那个男人就是刚才的小丑。"

那个柔术演员的容貌已经认不出来了。她的脸涂得像石灰一样白,眉歪眼斜,从头到脚裹着一件鳞片紧身衣,看起来就像一条蛇。她一动,衣服上的鳞片就闪闪发光。杜拉还从没见过身体这么柔软的人,她在台上的每一个动作、每一个姿势都超乎想象。最后,那个男人抓住柔术演员的脚腕,让她绕着自己飞转起来,柔术演员忽上忽下,忽高忽低,越转越快,最后观众只能看到一个闪闪发亮的圆圈。

杜拉紧紧地抓着莫里茨。她紧张得屏住了呼吸,直到柔术演员重新站在舞台上,杜拉才松开手。

"这是到现在为止最精彩的节目了,你觉得呢,胡纳先生?"

一阵低沉的鼓声响起,预告着魔术师即将登场。灯光变成了红色,魔术师出现了。他的打扮很特别,他长着黑色的小胡子,戴着黑色的眼镜,黑色的头发上戴着一顶黑色的礼帽。

"这又是刚才的哪一位吗?"杜拉小声问。

"是那个杂耍演员!"莫里茨也同样小声地回答。

魔术师走到舞台边缘。"他在看我们!"杜拉小声说,"肯定是的。我想,他还冲我们点头了。"

"亲耐(爱)滴(的)观众盆(朋)友,你们好!"魔术师迪亚贝利操着一口奇怪的口音说。他摘下了礼帽——一只白色的母鸡扑腾着从帽子里飞了出来,它咯咯叫着在舞台上奔跑。魔术师跟在母鸡身后,从它尾巴的羽毛下面变出了三个白色的鸡蛋。他举起鸡蛋,灵活的手指稍微转了几下,鸡蛋就消失不见了。杜拉不明白他是怎么做到的。

接着魔术师又开始从头再来。"亲耐(爱)滴(的)观众盆(朋)友!"他说着摘下了礼帽——一只黑色的母鸡扑腾着飞了出来。魔术师也从黑母鸡那里变出了三个鸡蛋,这次是三个黑色的鸡

"狗鼻子"莫里茨

蛋,同样,这些鸡蛋随后也消失了。

第二个节目里那位穿亮片裙子的女孩(也可以说是第三个节目里的钢丝舞女孩或第四个节目里的柔术演员)再次登台,她抓住两只母鸡把它们带走了。

"嘿,胡纳先生,一只母鸡可以连续下三个蛋吗?"杜拉小声问。

"只有在魔术表演中可以。"莫里茨说。

魔术师又把三个白鸡蛋和三个黑鸡蛋从空中变了出来,然后把六个鸡蛋都放进了帽子里。接着他用手在帽子里搅动了一会儿,掏出了六只小鸡,三只黄色的,三只黑色的。小鸡在魔术师的手臂上叽叽喳喳地叫着,随后穿亮片裙子的女孩把它们收起来带了下去。

接着迪亚贝利先生又从帽子里变出了一只小兔子,那应该是一只复活节兔,因为它下了一个彩色的蛋。魔术师拿着复活节蛋走到舞台前,喊道:"谁想要这个漂亮的蛋?"说着他把蛋扔向了杜拉。杜拉惊讶得不知所措,幸好莫里茨在最后一刻替她接住了蛋。

"为什么偏偏给了我?"杜拉小声说,"他是故意的吗?"

那个蛋是用硬纸壳做的,中间可以打开,里面装着糖果。

"我把这个带给阿克扫托。"

掌声响起来。魔术师挥舞着礼帽,很多条彩色丝巾从帽子里冒了出来,围着他翩翩飞舞。他把丝巾一条条地塞进了上衣胸前的口袋里,杜拉很惊讶,那个小小的口袋居然能装得下那么多条丝巾。

掌声再次响起,莫里茨和杜拉也跟着鼓掌。

魔术师从胸前的口袋里掏出一条非常普通的白色手帕,用它擦了擦汗。

"好厉害的魔术师。你觉得呢,胡纳先生?"

莫里茨看了看表:"应该快要结束了。现在应该是最后一个节目了。"

舞台暗下来,音乐声也减弱了。魔术师拉开了第二个大幕,幕后立着一个细高的黑色箱子。

"那是什么?"杜拉惊讶地低声问,"那是个棺材吗?如果是棺材的话,我必须要去上厕所了。"

莫里茨安慰她说:"是个箱子,杜拉。"

穿亮片裙子的女孩在舞台上跳舞,魔术师在她的头上变出了一束蓝色的光。他用手指在女孩的脸前比画着,女孩跳舞的动作越来越慢,越来越僵硬,最后变得像一个木头人一样。魔术师把木头人女孩抱起来,把她像一块木板一样放在两个椅背中间,脖子在一个椅背上,脚放在另一个椅背上。她就那样僵直地默默躺着。

"她死了吗?"杜拉对莫里茨耳语,她往莫里茨身边挪了挪。

"怎么会呢? 她只是在睡觉。"

那个黑色的箱子打开了,发出很大的声响。箱子里是空的。魔术师抱起僵直的女孩,郑重其事地走向箱子,把她放进箱子,关上了门。

"他现在要对她做什么?"杜拉小声问,"我可不希望他做什么。她为什么睡得这么沉?"

"她只是假装睡着了。要不我们走吧?"

杜拉摇了摇头,目不转睛地盯着舞台,魔术师正在表演一个恶搞戏法。灯光闪烁,响起了砰的一声爆炸声。当箱子的门重新

打开的时候,穿亮片裙子的女孩戴着一个驴头头套走了出来,还发出"啊呃啊呃"的驴叫声,她在舞台上转着圈奔跑。

人们哈哈大笑。

魔术师做出绝望的表情,气得直扯自己的胡子。他把驴头女孩赶回了箱子里。灯光再次闪烁,魔术师开始了第二个恶搞戏法——穿亮片裙子的女孩戴着公鸡头套从箱子里昂首阔步走了出来。

杜拉害怕地问:"现在他要是忘记把她变回去可怎么办?"

她又向莫里茨靠近了一点儿,蜷缩在他的胳膊下面不敢看。

后来女孩又变成了大象、猪、猫头鹰,甚至鳄鱼,直到莫里茨说:"你可以看了!"杜拉才从她的藏身之处抬起了头。

穿亮片裙子的女孩向观众飞吻,魔术师鞠躬致谢,挥舞礼帽。大幕慢慢拉上了。

人群拥挤着走向出口。

"你现在要上厕所吗?"莫里茨问。

"结束了?全部结束了?"杜拉还在看着舞台。穿亮片裙子的女孩从大幕中间的缝隙钻出来,跳下舞台径直朝着莫里茨走过

"狗鼻子"莫里茨

来。

"我爸爸请您去一趟演员休息室。"

她的德语说得很标准,尽管她节目单上的名字露娜·伦迪奈塔听起来不像德国人。

演员休息室是舞台后面一个没有窗户的小房间。屋里亮着两个裸露的灯泡,空气潮湿闷热,散发着汗味和化妆品的气味,杜拉同情地小声说:"你可怜的鼻子要受罪了!"

魔术师坐在一面镜子前,正在擦去脸上的各色颜料。他卸下了所有行头:黑色的假发、小胡子,就连奇怪的口音也不见了。

"你们好,欢迎欢迎!"他说,"很高兴你们能接受邀请。节目你们还喜欢吗?"

"谢谢!"莫里茨简短地回答道。

"你呢?"魔术师转向杜拉问道。他看了一眼莫里茨:"这是您的小妹妹吗?"

"我的朋友杜拉。"

"我叫波波维奇,"魔术师说,"这是我的女儿艾米。"

"我叫胡纳。"

杜拉发现,莫里茨不太愿意跟波波维奇先生说话。

波波维奇先生说:"波波维奇家族是个马戏世家。我的祖父是著名的杂耍演员。我父亲是小丑演员,母亲是柔术演员。我们的艾米也继承了她的柔术,她是一个很有天赋的孩子。"

女孩艾米已经不能再算是孩子了。杜拉估计她至少有十五岁,但她的身高看起来要矮一些,而且身材纤细。

小丑把头伸进了演员休息室,问他们要不要喝点什么。

"这是我弟弟马克斯。"波波维奇先生介绍道,"好的,帮我们拿一些冷饮来吧。您喝什么呀,胡纳先生?"

"我不喝。"

杜拉用责怪的眼神看了一眼莫里茨。他干吗这么抗拒呢?波波维奇一家很友好啊!他们还是马戏世家。杜拉想象着,艾米的生活是什么样的。她也想体验一下杂技团小孩儿的生活,但不是永远,只要体验几个星期就够了。

波波维奇先生挽住了莫里茨的胳膊:"来吧,亲爱的朋友!这里太挤了,我们到舞台上去!艾米,帮我们摆一张桌子!我的妻子现在正跟我们的商业伙伴谈判呢。晚上的节目她才会上台。"

"狗鼻子"莫里茨

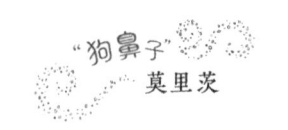

艾米把一张小桌子往舞台上搬,杜拉也过去帮忙。

"你妈妈表演什么呢?"杜拉问。

"她表演头顶重物。你肯定见过她了。她刚才在检票。"

"你叫艾米·波波维奇,可是为什么节目单上写的是另一个名字呢?"

"露娜·伦迪奈塔是我的艺名。我需要一个艺名,你不懂。"

波波维奇先生还挽着莫里茨的胳膊站在舞台上,对他喋喋不休,而莫里茨心里很是抵触。波波维奇先生表示,自己特别希望能够与天赋异禀的胡纳先生交朋友,他对胡纳先生超乎寻常的神秘力量充满了好奇!他一边滔滔不绝地讲话,一边拥抱了一下莫里茨,他的双手在莫里茨身边飞快地向下一滑,突然,波波维奇先生长长的手指中间多了一个钱包。杜拉不明白那个钱包是从哪儿来的,莫里茨也一脸茫然。波波维奇先生把钱包旋转着扔向空中,问莫里茨,里面有多少钱。

"三张一百元和一张五十元。"莫里茨说。

"那我们来看看对不对!"魔术师打开了钱包,"但是里面只有两百五十元。少了一百元!"他把钱包还给莫里茨:"您要不要

数一数?"

"没必要。反正我知道接下来会发生什么。"

波波维奇先生弹了一下手指,从空气中变出了一张一百元。他把钱递给莫里茨,莫里茨默默地把钱塞回了钱包。

"一个小小的私人专场表演,送给我尊敬的同事!您发现什么了吗,胡纳先生?您什么也没发现,而您已经参与表演了!"

莫里茨本来想反驳:我不是您的同事,我也不想参与表演。

但看到杜拉露出充满期待的表情,莫里茨的语气放缓了一些。

"偷钱包的事我不能帮忙,波波维奇先生。但是我知道,您虽然拿着几百元钱扔来扔去,但实际上您几乎身无分文。另外您正忍受头疼的折磨,就像每次表演结束后一样。头疼来自最上面一截颈椎,几年前您从高处掉下来时颈椎受过伤。"

波波维奇先生点了点头。"那是在马戏团里表演秋千节目的时候出的事,从那儿以后我就改表演杂耍和魔术了。"他握住了莫里茨的手,"我完全被您折服了,我的同事!您太棒了!我做这行三十年了,但您这是一种全新的招数。"

"狗鼻子"莫里茨

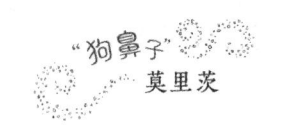

这时,马克斯和刚才在门口检票的那个胖女人走了进来。

"我们可以留下来了!"她喊道,"旅馆老板撤销了解约书!我提前给他支付了今晚的大厅租金。今天下午我们满座。"

杜拉问身边的艾米:"你们满座是什么意思?"

"有时候我们只能卖出一半座位,有时候完全空场。"

"艾米,闭嘴!"波波维奇太太说,"陌生人对这些不感兴趣的。"

马克斯把杯子和瓶子放在桌上。波波维奇太太推着艾米朝演员休息室的方向走去。

"你去哪儿?"杜拉问。

"去我们的房车里。我得休息一下,为晚上的演出做准备。"

"我能跟你一起去吗?我想看看你们住的地方,可以吗?"

"不行!"波波维奇太太转过身去,"我们那里没什么可看的。"

她们走开了。杜拉想,自己好像又不愿意做杂技团的小孩儿了,她不想有一个头顶重物的妈妈和一个把别人的钱包偷偷变没的爸爸。

她在舞台后面转悠了一会儿，看到铁丝网笼子里关着小兔子和几只母鸡，演出服装整齐地并排挂着，在那个高高的黑色箱子旁边放着那些动物头套。杜拉又摸索着回到舞台上，波波维奇先生还在劝说莫里茨。

"……这么说，您真的可以闻出一个人身上带了多少钱，是吗？太了不起了！我们不需要很多。我们可以这样合作：演出的时候您就在各个桌子中间走动，看看哪一桌有钱包鼓鼓的大款，您闻出他身上的一些细节，那个人肯定会很惊讶，您就热情地挽着他的手臂把他领到我的台上来……"

"然后呢？"莫里茨问。

"然后嘛……"波波维奇弹了一下手指，"然后我就施一个小魔法，就像我刚才对您做的那样。我会当着众人的面把他的钱包变出来，然后再当着众人的面还给他，但我们不会让他清点。"

"这是盗窃！"莫里茨说。

"这是手艺！"波波维奇反驳道，"您不要太幼稚了！对一个拥有鼓鼓囊囊的钱包的人来说，里面的钱多一张或少一张都无所谓的。"

"狗鼻子"莫里茨

莫里茨转身要走:"我们走,杜拉!"

"等等,别急!我们可以合作的!我拿三分之二,您拿三分之一!"

莫里茨从舞台上跳了下来,把杜拉也抱下来,朝大厅门口走去。

波波维奇先生生气了。

"您可真扫兴!那这样吧,我们一人一半!"

莫里茨没有回答,他拉着一头雾水的杜拉往外走。波波维奇先生跟了过来,在门口追上了他们。

"听着,亲爱的朋友!这只是个玩笑。您别往心里去!我当然不是认真的。我是个努力工作的人,不会搞歪门邪道的。"

"好的。我们会忘了这事的。"莫里茨头也不回地说。他关上了身后的大厅门,拉着杜拉穿过旅馆。"现在怎么样了?"莫里茨问,"你还想上厕所吗?"

"想。现在想上。很急。"

第十一章 车间里的流水线

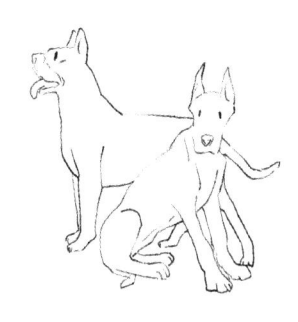

"你跟我说说,波波维奇先生想让你干什么?"杜拉问,"我没有明白……"莫里茨给她解释了一遍。

"那他就真的是小偷儿了!可怜的艾米!我本来很喜欢波波维奇先生的。"

"不过杜拉,他的魔术表演还是很优秀的,虽然他……"

"不!"杜拉一副势不两立的态度,"小偷儿不会优秀。"她看了看手中的复活节蛋,思考还要不要把波波维奇的这个礼物带给阿克扫托。接着她问:"难道你没有闻出来,他是个彻头彻尾的

"狗鼻子"莫里茨

坏人吗?"

"没有人是彻头彻尾的坏人,杜拉!波波维奇先生可能是个骗子,但他也有好的一面:他爱他的女儿艾米,他也很顾家。杂耍艺人的生活不容易……"

他们走向车站。公共汽车已经停在那里了,虽然他们跑步追赶,但车还是开走了。

"倒霉!"莫里茨说,"下一趟车还要等半小时。"

杜拉并不介意这点霉运:"我们现在干什么呢?"

他们走进了公共汽车掉头时经过的小公园。那是一个迷你的小公园,有几个健身器材,老树下有几把长椅,还有一个小池塘,几只鸭子在水上游来游去。杜拉蹦蹦跳跳地跑到跷跷板上,过了一会儿又玩起了吊环。莫里茨坐在长椅上。公园里只有他们两个人。

杜拉挂在吊环上喊道:"如果没有彻头彻尾的坏人,那是不是也没有彻头彻尾的好人?"

杜拉走过来坐到了莫里茨的旁边。"当然没有了!"莫里茨说,"不存在彻头彻尾的好人,每个人都会在某个时候坏一次!"

"除了你,胡纳先生。你是好人。"

"别胡说了,杜拉!昨天下午我差点儿就揍了一位先生。"

"真的揍吗?"她用赞许的语气问,"给我讲讲?"

"昨天下午我去了午马工厂,那是一家有几百名员工的大企业。起初他们都对我的鼻子很好奇——就像其他所有人一样,然后他们就带我去见了总经理。"

"是最高级的领导吗?"

"最最高级的。你肯定想不到,他办公室是什么样的。那里就像一个高级沙龙,地上铺着厚厚的地毯,你都听不到自己的脚步声。一切都是静悄悄的,就连电话铃声也很轻柔,甚至保卫总经理的那两条大狗也不发出一点儿声音。那两条狗特别大,就像两头小牛犊那么大……"

"圣伯纳犬?"杜拉问。

"大丹犬。它们就卧在总经理身边,当我靠近的时候,它们就抬起头,站起来,悄无声息地走过来嗅嗅我,然后再回去卧下。总经理说:'我的狗很喜欢你。我的狗不喜欢的人,我是不会容忍他出现在我身边的。'"

"狗鼻子"莫里茨

"他真是个奇怪的人!"杜拉评论道,"接着讲。"

"总经理指了指沙发,让我坐下。那张沙发很软,我深深陷在里面,感觉自己再也不想出来了。总经理在我身后走来走去,两条狗一直跟在他身边。他把手搭在我坐的沙发的靠背上,一只白白胖胖的手。"

"戴着戒指吗?"杜拉问。

"没戴戒指,但我还是记住了那只手。当我后来看到车间里那些工人之后,当我走出安静的办公室,听到车间里令人崩溃的噪声之后,我就又想起了那只手。你知道什么是流水线吗?"

杜拉摇了摇头。流水线?她想象着一条河流,就像一条蓝色的曲线蜿蜒着穿过草地和田野。流水线,一个很美的新词,杜拉要把它记下来。她上次记录的美词是:善解人意。

莫里茨试着给杜拉描述车间里的流水线是什么样子的:噪声令人难以忍受,机器轰隆隆地运转,地板都在颤动。机油和尘土的味道,炽热的金属、挥洒的汗水和工人疲劳的味道,许多味道混杂在一起。流水线旁的工人们站在各自的位置上,流水线不停地向前运转,把一个又一个工件传送到工人面前。每个工件上

都需要安装八个螺母,刚刚拧完第八个,下一个工件就传过来了。工人们头也不抬地干活儿,当手头的螺母用完之后,他们就快速地抓过一盒新的螺母,替换掉刚才的空盒,再用加倍的速度干活儿,好赶上流水线的速度,把马上就要离去的工件装配好。

杜拉问道:"如果他们落了一个怎么办?"

"这我也不太清楚,也许他们会被扣工资。反正有一个男人站在那里拿着秒表监督工作。你知道什么是秒表吗?"

"当然知道!"杜拉觉得自己被小看了,"我们体育老师就有一个,用来记录我们跑步的速度。"

"对,那个男人也有一个,用来记录工人干活儿的速度。杜拉,现在你想想看,每一分半钟就有一个工件转到你面前,上面有八个螺栓,需要拧上八个螺母。一小时大概有四十个这样的工件,也就是说一小时就要拧大概三百二十个,再乘以一天八小时。你可以算算是多少,如果你愿意的话。"

"我不愿意,而且我也不会算。我在学校还没学过这么难的算术。"

杜拉坐在莫里茨的旁边转来转去。她不知道莫里茨为什么

"狗鼻子"莫里茨

要给她讲这么无聊的螺栓和螺母的事,而不是讲那个他想要揍一顿的男人。"那个总经理到底想用你的鼻子得到什么呢?"

莫里茨沉默了。

就算他给杜拉讲十遍流水线的工作方式,他还是无法描述自己亲身感受到的一切——当他亲眼看到那些工人忙碌的双手、疲惫的脸庞时,他想,幸好自己是一个邮递员而不是一个流水线工人。他当时想,不,这样的工作不适合我,事实上,根本不适合任何人。

"你什么都没说呀,胡纳先生!"杜拉从椅子上滑下来,"是不是这是个秘密,你不想告诉我,或者我又让你烦了……"

她说着又跑回了健身场地,挤进攀爬架中间的空格里,练习柔术杂技。

莫里茨本来可以告诉杜拉,午马工厂的总经理希望通过神奇的鼻子得到什么,总经理希望流水线可以更快一些,他问莫里茨怎么想……

"不行!"莫里茨说。

这是对简单问题的简单回答。"不能再快了!"

"为什么不行?"总经理问,"只是几秒钟的事。人们只要愿意,肯定就能做到,这会对公司很有帮助的。"

"对不起!"莫里茨回答说,"虽然我不了解午马工厂,但是我没法儿想象,如果已经很快的流水线跑得更快,已经累坏的工人变得更累,这对公司能有什么帮助?"

"累坏?!"总经理的语气突然变得很强硬,"我也累坏了!我只是没有哭诉而已!我们的工人都是强壮的小伙子,他们完全可以再努力一些——为了公司的利益,而公司所做的一切都是为了工人的利益。"

为了工人的利益?!这真是天大的谎言,听得莫里茨都想给对面这家伙来一拳——这种想法连莫里茨自己都感到震惊,但莫里茨还是控制住了自己。他问:"总经理先生,您愿意在流水线工作吗?"

"不愿意。"总经理坐进了松软的沙发里。两条大狗凑到他身边,就好像要闻一闻他有多么无奈。莫里茨也闻出了总经理的无奈。他想:坐在高级沙发里的这位高贵的先生,人人都羡慕他,人

"狗鼻子"莫里茨

人都以为他过得很幸福,但他并不幸福,他心情很糟糕。人们以为他很富有,但事实上他很贫穷,很可怜。这些纷乱的想法在莫里茨的脑子里涌现——乱到他没办法讲给杜拉。

不,他不能帮这个男人。他站起来准备告辞:

"您一定要当总经理吗?也许您可以改行做园丁,或者牧羊人,或者邮递员……"

总经理笑了:"您是个感情丰富的人,亲爱的朋友!这么多感情我可承受不起。"

杜拉从健身器材那边跑回莫里茨身边,坐在长椅上。

"你发现了吗?"

"发现什么?"

"发现我很善解人意,发现我不愿意烦你……"

"我发现你更愿意锻炼身体,而不愿意听我讲话。"莫里茨看了看表,"车应该快来了。我们慢慢往车站走吧!"

一只小鸟从他们身边飞过,落在了树枝上。那只小鸟有着黑色的尾巴和绿色的翅膀,胸口的羽毛是黄色的。

"一只大山雀!"莫里茨说。他试着模仿大山雀的叫声。

"你从哪儿学的?"

"从一个朋友那儿。他认识各种鸟,不只是会唱歌的鸣禽,还有水中的游禽。我们经常一起去划船,在芦苇丛中捉迷藏。我们看到过野天鹅、骨顶鸡和绿头鸭。我们还希望能看见白鹭,但一直没有碰到……"

"你的朋友?是艾里希吗?"杜拉问,"我在相册里看见你们的照片了。"

"对,艾里希。他搬走的时候我很伤心,我们就像亲兄弟一样。他走的时候送给我一艘旧皮划艇。"

"旧皮划艇还在吗?"

"在地下室。"

"嘿,胡纳先生,那我们可以……"

莫里茨突然抬起头闻了闻,然后抓起杜拉的手快步走了起来。

他们身后传来一些危险的味道,莫里茨只用了一秒钟就想起了他在哪里闻过这种味道——夜间的商场里,这是"鼹鼠"的

"狗鼻子"莫里茨

味道!

"别回头,杜拉!有一只'鼹鼠'正跟着我们。"

杜拉不想回头,但是她的头不听使唤地转了过去。

"没有'鼹鼠'!只是一个戴帽子的普通男人。"她小声说,"他看起来是个好人。"

公共汽车来了,车子掉了个头停了下来。他们上车后,在最后一排坐了下来。莫里茨透过后面的窗户悄悄往外看。

"他还在跟着我们吗?"杜拉问,"你觉得他会上这辆车吗?"

"不会。他开着车呢,马上就要从我们旁边开过去了。"

一辆灰色的小汽车超过了公共汽车,朝城区的方向开去。杜拉松了一口气:"我还以为他要跟在我们后面开,看我们在哪里下车,住在哪里……"

"这些他早就知道了。"莫里茨说,"他肯定跟踪过我们了……也许他刚才就在观众席后面,只是我没办法从那么多人中间把他闻出来。"

他下意识地长长叹了口气。

"你怎么了,胡纳先生?"

"我受够了,杜拉!我受不了了。如果你以为我的鼻子给我带来快乐,那你就错了。正相反,我烦透了。魔术师、总经理、商场和'鼹鼠'——这一切都让我厌烦。我不想再闻这些乱七八糟的气味,我希望我没有这样的鼻子。"

杜拉震惊地看着他。她的拳头在莫里茨的掌心里转动。

车子开动了。

杜拉在思考。过了一会儿,她问:"要不你就假装自己的鼻子又变回了以前的样子?"

"那我就必须撒谎。你知道我的鼻子忍受不了谎言的。那样的话,最后我就连自己的味道都受不了了……"

说完莫里茨笑了,但杜拉听得出来,这不是开心的笑声。

第十二章　莫里茨被绑架

这一天，莫里茨正在派送邮件。在一栋房子门口有一个完全陌生的女人跟莫里茨打招呼：

"早上好，邮递员先生！您是那位特别会闻气味的邮递员吗？是这样的……我有个叔叔……他上了年纪，脑子也不太好了……现在他把他的遗嘱给藏起来了，我们想……"

莫里茨不让她说下去了。

"我在工作，您看到了，我很忙！"他说着打开了楼道里的邮件柜，开始把信件塞进那些小格子里。那个女人就站在他身后。

"我们会付很多钱的,如果遗嘱值钱的话……"

莫里茨没有回答。

女人骂道:"真是个粗鲁的家伙!自己在报纸上登广告,然后又不接活儿。没见过这种人!"

这已经是今天第三个跟他搭话的人了。莫里茨摆脱了她,就像最近几天他摆脱掉所有骚扰者一样——在马路上、在楼梯间,甚至在公共汽车上。他几乎变得粗鲁起来,他从未想过自己会有这么恶劣的态度……

莫里茨拐弯穿过一排腐烂的木条栅栏,进入了一大片建筑工地,这片工地已经荒废多年,长满了杂草和低矮的灌木。一条羊肠小路横穿工地,莫里茨常常从这里抄近路。工地那边有一座破旧的工棚,没有窗户,门前挂着一把生锈的锁。

半空的小推车在莫里茨身后颠簸。他低头走着,没有向左右看,也没有听到轻轻的、急促的脚步声正在向他靠近。直到身边冒出双倍的"鼹鼠"味,莫里茨才吓了一跳。可是已经太晚了!两个男人堵住了他的去路。

"跟我走!"高个子的男人冲着那边的工棚扬了扬下巴。

"狗鼻子"莫里茨

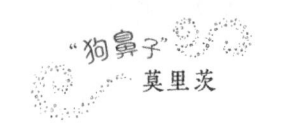

莫里茨觉得他的双腿在颤抖,他绝望地四下看了看。空荡荡的建筑工地上,一个人影都没有,就算呼救也没有人会听到。

高个子在后面顶了一下他的膝盖。

"走,往前走!"

我要不要躺下?莫里茨想,那样的话他们就得拖着我走,这样可以拖延一些时间,也许就会有人经过……

"磨蹭什么?"高个子抓住了莫里茨的胳膊,矮个子抓住了小推车的扶手。

他们把莫里茨带进了工棚里,从里面插上了门。地上放着一些空箱子,其中一个箱子上放着一盏煤油灯。

"坐下!"小个子把一个箱子推给莫里茨,"我们要跟你谈谈。我们不会对你怎么样的。"

"暂时不会,"高个子说,"但以后就不一定了。"

小个子摇了摇头:"别这样,艾迪!"他递给莫里茨一片口香糖。这让气氛稍微缓和了一些。

小个子和莫里茨坐了下来,高个子仍然站着。他站在莫里茨跟前,在墙上投出一个巨大的影子。

"现在仔细听我说！你脸上有个我们不喜欢的东西，它搞砸了我们的生意。前一段时间，你夜里在商场里干的那些事很糟糕！算你走运，当时灯突然亮了。"

"走运的是你们！"莫里茨说。他也很惊讶自己是哪里来的勇气跟高个子顶嘴，他甚至惊讶自己居然还能说话，而不是被吓得出不了声。莫里茨接着说："当时商场里全是警察。要不是灯亮了，他们肯定已经抓到你们了……"

"住嘴！"高个子说，他攥起拳头放在莫里茨的鼻子下面，"看到这个拳头了吗？我要让你闻闻它，你不是嗅觉灵敏吗？你要是再坏我们的事，就让你尝尝拳头的滋味，到时候你不但会丧失听觉和视觉，还会丧失嗅觉。"

莫里茨瞟了一眼拳头，紧张地嚼着口香糖。

"艾迪！安静一会儿！"小个子把高个子拉过来坐在箱子上，"我们要像朋友那样聊天儿，非常平和，非常放松地聊天儿。"

高个子不作声了。小个子也不作声了。煤油灯冒着烟。莫里茨等着接下来会发生什么，口香糖已经没有味道了。

"商场的事，"小个子说，"他说得没错。这种事不能再有第二

"狗鼻子"莫里茨

次了!你考虑一下,为我们工作,我是说你的鼻子。"

莫里茨吓得忘记了嚼口香糖。

高个子说:"我想看看你的大鼻子究竟值多少钱!它能闻到保险柜里面的味道吗?"

莫里茨摇了摇头。

"也没有那个必要。"小个子说,"很多人都把钱藏在床垫下面,或者放在橱柜里,还有人把首饰放在针线盒里。在这类地方藏东西的人多的是,关键是要用最快的速度把这些东西找出来。你觉得怎么样,胡纳先生?"

莫里茨差点儿从箱子上掉下来。他们怎么会知道他的名字?

"你可以帮我们省下很多寻找的时间。作为一个邮递员,你可以走进很多人的家里,你就帮我们到处闻闻……"

"不!"莫里茨说。

"我是说,你闻一闻,然后告诉我们一些必要的信息:地址、户型图、家具情况、藏钱地点。其他的事情我们来做。"

"不行。"

高个子站了起来,小个子拉着箱子凑近了一点儿。

"最后一个问题,既然你是在邮局工作的,那你总可以搞清楚运钞车什么时候出发,会走哪条路吧?如果我们干成这一票,就有花不完的钱了。你也是。然后我们就消失,你再也不会见到我们。"

莫里茨摇了摇头。

"你可以再想想。"小个子说,"我们会监视你,找机会再问你。我们只要想找你就能找到,这一点你现在应该很清楚了。"他站起来,打着哈欠伸了个懒腰,关节发出咔咔的响声。

莫里茨也想站起来,却被两个人又按回了箱子上。

"等等!"小个子说,"你数到二十,然后就可以走了。记住,别对任何人说起我们今天的友好谈话,一个字也不能说!否则我们就对你不客气了,神鼻子先生!我们会给你点颜色看看的,神鼻子先生,或者给你点味道闻闻……"

他们熄灭了煤油灯,把莫里茨留在黑暗中。接着他们在屋外摆弄了一会儿锁,莫里茨以为他们把自己锁起来了!

他坐着等了一会儿,最后在黑暗中摸到门口,推开了门。

外面的工地依旧空无一人。

接着，莫里茨继续派送完了其余的邮件——但其间他一直心不在焉。他弄混了信件、卡片和印刷品，搞错了门牌号，记错了地址和信箱。这一天有很多人都无奈地摇着头，去敲别人家的门，转交那些送错的邮件。

"咱们的邮递员今天真是太糊涂了……"

"太不正常了！他平时都是很可靠的。"

"他今天肯定是脑子有点儿乱……"

"也许那个小伙子恋爱了。"

他们笑了，没有人怪他。

恋爱？莫里茨现在心里只有混乱、沮丧、烦躁、苦恼，简直五味杂陈——却唯独没有恋爱的感觉。他拉着空空的小推车回到邮局，脚步沉重地走进了营业大厅。过去的几天里，他都只是匆匆地跟莉亚娜小姐打个招呼就溜掉了，现在他想跟她谈谈。三号窗口没有开，但是莫里茨在自己的座位上看到一张纸条，莉亚娜小姐留言说她在市民酒馆等着他。

莉亚娜小姐坐在酒馆花园里的栗子树下，金色的头发还是

那么漂亮,像往常一样。她微笑着冲莫里茨招招手,也像往常一样。莉亚娜小姐好像没有看出莫里茨神色黯淡。阳光透过栗子树叶在她的头发上洒下明亮的光斑。莫里茨在她身边坐下时,又闻到了熟悉的味道:冷静、干练、捉摸不透,对于受她保护的莫里茨,莉亚娜还剩余一丝好感和友情。

"你还没有给我汇报午马工厂的情况呢。"莉亚娜小姐说,"成功了吗?"

"没有。"

莫里茨简单讲了总经理对他提出的要求,以及他为什么不能帮总经理。

莉亚娜小姐抿起了嘴:"这么说又是一无所获!我的耐心慢慢耗尽了,我正在对你失去兴趣。"

酒馆老板娘穿过花园来到他们桌前,问他们需要点什么。由于之前那个服务员刚刚做完盲肠手术正在休养,老板娘来替他服务。莉亚娜点了星期五套餐,莫里茨只想喝一杯苹果汁。

老板娘走开之后,莉亚娜说:

"午马工厂的总经理又没有让你帮什么大忙,不过是一点儿

微不足道的小事罢了……"

"真是干净的小事！"莫里茨生气了。

"对你的鼻子来说是小菜一碟啊……"

"是让我的鼻子当间谍！这种事我干不了。"

"你什么事都干不了！你根本就是个没用的人！"

这些刺耳的话脱口而出。

接下来他们一言不发地坐着。莉亚娜小姐看着自己的指甲，莫里茨看着一只小麻雀，它蹦来蹦去啄着桌子上的面包碎屑。老板娘端来了苹果汁和汤。

莫里茨喝了一口果汁，说："莉亚娜，我们不要吵架了。请你理解我！我现在也不知道该怎么办。所有人都知道了我的情况，我一刻也不得安宁。在路上都会有陌生人拦住我，让我的鼻子帮他们干点什么……"

"那是因为你没有保密，你肯定是到处给别人讲你鼻子的事了，只能怪你自己。"

"谁？我？"莫里茨把杯子当的一声重重地放在桌子上，"是谁到处给别人讲鼻子的事情？是谁跑到局长那里揭发那个老人？是

谁第二天让整个邮局都知道了我鼻子的事？"

"哦？那现在一切都怪我了？！"莉亚娜小姐恶狠狠地看了他一眼，"你是我见过的最不知感恩的人。我费尽苦心帮你找来一个又一个大生意，你却全都搞砸了……"

"搞砸"这个词今天莫里茨已经听到过一次了。莉亚娜小姐的说法跟那些"鼹鼠"如出一辙，这让莫里茨觉得很别扭。尽管如此他还是决定最后努力一次，希望莉亚娜能理解他的处境：

"今天那些'鼹鼠'突然抓住我，把我关了起来。他们给我提了一些建议——你应该能想到那是些什么样的建议，他们还威胁我。"

莉亚娜小姐用勺子喝着汤。

"什么叫'关了起来'？你现在不就坐在我身边吗？看来也没有那么严重。"

"已经够严重了，我受够了！"

莉亚娜推开了空盘子。

"还是个胆小鬼……"她嘀咕着。

她根本看不起我！莫里茨想。

"狗鼻子"莫里茨

老板娘端来一份烤鳕鱼配土豆沙拉。莉亚娜小姐把鱼切开,一根一根地拔出鱼刺。

"我说过了,我慢慢对你失去耐心了。如果你不能改变,不能尽快彻底地改变,那我就要放弃你了。"

"我不会改变的,莉亚娜。"

"不会?那好吧,很抱歉……"

"你并不觉得抱歉。"莫里茨说,"你身上有生气的味道,莉亚娜。"

说完莫里茨把钱放在杯子旁边,站起身走了。

莫里茨想要溜进楼里的时候,杜拉冲了出来。

"嘿,胡纳先生……"

"现在不行,杜拉!我有点儿累,心情也有点儿糟。"

杜拉把话咽了回去,难过地看着莫里茨。她眼睛里的亮光熄灭了——杜拉每次看到莫里茨时,眼睛里都会有亮光;但每次莫里茨让她失望时,那亮光就会熄灭。

"明天再说来得及吗?"莫里茨问。

"我不知道是不是来得及——那只'鼹鼠'又跟踪我了。"

莫里茨已经上了几级台阶。听到这话他吓了一跳,站住了:"什么?也跟踪你了?"

杜拉说:"你先别着急,胡纳先生!什么也没有发生。也有一个人跟踪你了,是吗?"

"两个人。"

"两个人一起?他们对你做了什么,胡纳先生?他们欺负你了吗?"杜拉从楼梯扶手中间伸过手拉住了莫里茨的裤腿,"给我讲讲吧!"

"松手,杜拉,跟我上来吧。"

杜拉先是犹豫了一下,她也有自尊心:刚刚还打发她走,现在又邀请她上去,她不喜欢被这样对待,就算对方是莫里茨也不喜欢。莫里茨只好请求她,她这才跟他上去了。

他们两个坐在莫里茨家的厨房里。

"讲讲吧,杜拉!那只'鼹鼠'想要对你怎么样?"

"我不知道。我当时正跟施特卢普斯在公园里,我让它在那里跑一跑。这时那个男人从我后面走过来。我想叫施特卢普斯过

来保护我,但是它当时正在忙着追麻雀,没有听到我喊它。于是我赶紧坐到长椅上的一个阿姨身边,这时候那个男人就从我们的长椅旁边走了过去,假装什么事都没有。那个阿姨问,需不需要她送我回家,但这时候施特卢普斯回来了,我就说:'不用了,谢谢!现在我的狗可以陪我了!'然后我们就赶快跑了回来。"

"所以那个男人根本没有跟你讲话?"

"没有。你那两个人呢?"

"他们跟我讲了。商场的事情发生后他们很讨厌我的鼻子……"

"你自己也是,胡纳先生!你说过,你想摆脱自己的鼻子。如果是因为你的鼻子,才让两只'鼹鼠'一直跟踪你的话,那我也希望你能摆脱你的鼻子。这样我就不用一直替你担心了。"

莫里茨把两只胳膊撑在桌面上,忧心忡忡地说:"现在他们把你也牵扯进来了,杜拉,这可太不应该了。别人肯定都以为身边有个嗅觉超常的人是件好事,但事情正相反,我反而给你带来了麻烦。我在想,我的鼻子到底有没有给谁带来过真正的快乐呢?"

"我！"杜拉喊道，"就在第一天，你帮我在柜子顶上找到了阿曼达。还有比尔吉特和斑马鱼的事。"

杜拉绕过桌子跑到莫里茨身边来，拍拍他的胳膊："如果你不是太累的话，胡纳先生，如果你不嫌我烦的话，那我们现在去地下室，你用鼻子帮我闻闻那艘旧皮划艇还能不能用，看看我们最近能不能去划船。这样你就会再次给我带来快乐，胡纳先生，是很大很大的快乐！"

杜拉的眼睛又亮了，就像点燃了两盏灯。

"好吧！走吧！"莫里茨叹了口气，从钩子上摘下了地下室的钥匙。

第十三章 划船

爸爸妈妈不同意杜拉去划船。杜拉又是央求又是哭闹,使出浑身解数还是没有用。在这期间她还跑到四楼去找莫里茨抱怨。

"可是杜拉,你不能怪你爸爸妈妈,他们不太相信我的划船技术,也不太相信那艘旧皮划艇。我在楼上都能闻到他们的担忧。他们在为你担心,你明白吗?"

"不,"杜拉倔强地说,"根本不是。"

她非常生父母的气,睡觉前也没有亲吻他们,说晚安。半小时后她又从床上下来,抱着阿曼达溜到客厅里。阿曼达的好处在

于,无论有什么苦恼都可以对它诉说,而它永远也不会反驳。杜拉推开门,坐在门槛上。

爸爸妈妈正在看电视。

"你说,阿曼达,他们是不是太不公平、太过严厉了!那可是我最盼望的事情啊!平时他们可都是宽容的父母,而不是苛刻的父母。如果胡纳先生想要带着我漂洋过海划船去美国,那他们阻止我是有道理的。可我只是想去多瑙河啊,阿曼达!而且还不是真正的多瑙河,只是一条小支流。那里水流平缓,水面上还有白鹭。他们为什么非要阻止我去看白鹭呢?你能理解吗,阿曼达?"

爸爸站起身走到门口。

"亲爱的女儿,我们想要看会儿电视。你现在说完了吗?"

杜拉让阿曼达摇了摇头:"还早着呢。胡纳先生说了'一旦学会划船,是永远也不会忘记的'。而且胡纳先生还会游泳和救生。在水中我现在至少能游五下了。要是发生什么事,我肯定能游十下,再说……"

"……再说你现在应该马上上床了!"爸爸打断了她的话。

外面传来了轻轻的敲门声,是莫里茨。他晚上过来是为了提

个建议。他想要先自己试划一次,可以当着杜拉全家人的面进行,然后请杜拉父母看情况再决定。

于是,周日中午,杜拉爸爸的小车里挤得满满当当:妈妈带着杜拉和两个双胞胎弟弟坐在后排,莫里茨坐在副驾驶席上,可拆卸的折叠皮划艇放在后备厢里。他们开了很远的路,来到一片河畔森林地带,停下了车,跟着莫里茨往前走。莫里茨对这一带很熟悉。道路两旁有桦树、柳树、白杨。莫里茨带着他们经过一个个大大小小的池塘和清澈的水洼,来到一片长满芦苇的小湖边。这里蛙声一片,就像一场周末的音乐会。莫里茨从他的户外背包里拿出了折叠皮划艇的各个部件开始组装——船的底板、肋骨、侧板。杜拉的爸爸妈妈帮着莫里茨一起干。当他们把帆面展开准备撑起来的时候,扬起了一片粉尘。杜拉忍不住咳嗽起来,双胞胎也兴奋地跟着咳嗽。

"对不起。"莫里茨说,"帆外面有一层橡胶膜,不铺一些隔离粉的话会粘在一起的。"

他们撑起木制框架,固定好防水甲板,把船推进了芦苇丛中,莫里茨开始划船了。这时的湖水在阳光照耀下闪闪发光,船

头划过平静的水面,发出哗哗的声响,留下一条深色的涟漪。莫里茨向前划了一段,然后急刹车,表演了几个大回转,掉头回来,接着又划出了"之"字形、"8"字形,最后还转了几个小圈。谁都看得出,他的划船技术非常高超。

莫里茨回来后,邀请杜拉的父母一起坐船。他先载着杜拉妈妈,后载着杜拉爸爸在湖面上游览了一会儿。杜拉在旁边迫不及待,急得都要跳起来了。终于,莫里茨把他的东西都拿到了船上:防晒霜、驱蚊喷雾、防风衣、黄油面包、苹果,还有一瓶柠檬茶。

"出发吧!"杜拉爸爸说,"特大新闻,我们亲爱的女儿要变成划船健将了!我们什么时候来接她?"

"我们七点回去。"莫里茨说,"保证准时。"

杜拉坐在前面,一动都不敢动。莫里茨问:"你不跟爸爸妈妈挥挥手吗?"杜拉举起胳膊,小心翼翼地晃了晃手指,又赶快紧紧抓住了座位。

"你是不是害怕啊,杜拉?"

杜拉僵硬地摇了摇头:"我只是答应爸爸妈妈了,要老老实实地坐着。"

"狗鼻子"莫里茨

"你觉得你能坚持到今天晚上吗?"

"你不相信吗?"

"不信。"莫里茨笑着说。他用桨面轻轻地拨着水,把杜拉身上溅湿了一点儿。杜拉尖叫着,乱动乱踢。

小船摇晃起来。

"你看。"莫里茨说。

水面变得越来越窄了。前面的芦苇丛分开,中间形成了一条水道,莫里茨把船划了进去。海鸥和燕鸥从他们头顶上飞过,向着不远处多瑙河的方向飞去。芦苇丛中突然游出两只鸭子,它们嘎嘎嘎地叫着,好像很生气地责怪有人擅闯它们僻静的"私家水域"。它们飞起来,在水面上方滑翔了一段后又落回水中,同时鸭子的脚向前伸出,就像飞机降落的时候放下了起落架!杜拉想。

"这是一对绿头鸭夫妇!"莫里茨介绍说。

他继续沿着水流向前划,就在即将进入开阔水域的时候,却发现了一条新的水道延伸进了芦苇丛中。莫里茨把船划了进去,一直划到了尽头。芦苇秆在小船周围簌簌作响。"现在我们可以静静地待在这里了,杜拉!我们就这样看看风景,听听声音,不要

说话,好吗?"

杜拉向前滑了一下,舒舒服服地躺在船里,头枕在座位上。周围的芦苇像墙一样围绕着小船。亮晶晶的小甲虫在芦苇上爬来爬去,一只蓝色的蜻蜓飞过来悬停在他们头顶,震动着翅膀发出嗡嗡的声音,随后又嗡嗡地飞走了。一只白肚皮的青蛙趴在灯心草中,一动不动地盯着前方。到处都能听到鸟叫声:唧唧,喳喳,吱吱,嘎嘎,啾啾……阳光照得暖洋洋的,不时有一阵微风从芦苇中吹过,簌簌作响。杜拉把手垂到水中,趴在船沿上向外看。一群小鱼悄然游过,就像水下闪过一团阴影。

白肚皮的青蛙扑通一声跳入水中,懒洋洋地游走了。

从水道的那边传来一阵船只的汽笛声,一艘轮船突突地开了过去。片刻之后,波浪传到了这条水道中,水流轻推着船的侧板,小船起伏摇摆。

杜拉闭上了眼睛:阳光、湖水、芦苇、鸟鸣、青蛙、蜻蜓……太美了,这是世界上最美妙的感觉。真希望永远这样下去!杜拉想。

这样不知道过了多久,然后她伸开双臂在船身左右两边搅动着水玩,小船晃了起来。"我们能不能下船找个平坦的地方散

"狗鼻子"莫里茨

散步？"她问，"我想踩踩水。"

他们把船留在芦苇丛中，把东西留在船上，脱掉鞋和袜子，蹚着水走进一片小水湾。这片水湾一直延伸到湖畔森林中。水藻和茂密的水草就像一块浸泡在水中的绿色地毯一样在他们腿边漂浮晃动。水底又湿又滑，泥浆从脚趾间涌上来。一块被太阳晒得褪色的木头被冲到了小水湾的岸边，形状奇特，颜色灰白，就像灭绝动物的骨头一样。杜拉壮着胆子向林中走了几步。她充满好奇地望向绿色的密林深处，兴奋中带着一丝恐惧。她看到了盘根错节的大树、茂密的灌木和草丛，各种大大小小的植物缠绕交织在一起。她想，就像原始森林，好像还没有人来过。

杜拉继续壮着胆子往前走，看到一片黑莓灌木丛，上面结着大大的、黑得发亮的果实。她把一片款冬叶子卷成一个锥形小斗，摘了满满一斗黑莓回到水边带给莫里茨。莫里茨蹲在水边，让她看那些爬来爬去的蜘蛛、甲虫、蜗牛和长着黑眼睛的透明的小螃蟹。

"好可爱的小螃蟹。"杜拉说。

"好可爱的黑莓。"莫里茨说。

他们笑了。"我们得准备回家了！"莫里茨说。

"不，先不回，还早着呢！求你了！"

"别闹了，杜拉！再说我们今天的活动还没结束呢。下面才到了最棒的部分，我们要沿着水流向下到黑水码头去，你会知道有多好玩儿的。"

杜拉的脚趾在岸边的沙子中打转。哪里好玩儿了？到了黑水码头他们就要拆卸小船并打包，然后要走到轻轨站，坐车回家。这个周日，这个美妙的周日，就要结束了。

在他们身后，树枝发出咔嚓的断裂声。一只臭鼬嗖地一下从茂密的树叶和树根中一闪而过。

杜拉想，它可真舒服！它可以轻轻松松地钻进树丛中，留在这里，不用坐什么破船去什么破轻轨站。

杜拉大声说："我再去给你摘一些黑莓！"说着她就跑回了灌木丛那边。

她一眼看到了一个鸟巢，就挂在半高处的一根弯折的树枝上，似乎马上就要掉下来了。杜拉看不到鸟巢里面，不知道里面是鸟蛋还是幼鸟。但她看到树上再高一点儿的地方有一只鸟在

"狗鼻子"莫里茨

喳喳叫,她相信那就是鸟妈妈在寻求帮助。

杜拉激动地跑回水湾旁。

"嘿,胡纳先生!快来!我有个发现……"

她拉着莫里茨走进森林里的鸟巢下,让莫里茨把鸟巢重新放回到树上,这样鸟妈妈就可以保住自己的家了。

莫里茨拒绝了。"那个鸟巢已经坏了!"他说,"它肯定在上次暴风雨之后就已经挂在树枝上了。大树上面的那只鸟是一只黄鹂,它是雄性,不是鸟妈妈。"

"就是说你不帮我了?"杜拉问,她一脸生气的样子,"那我自己试试。我去拿船桨。"

她跑回水湾里,蹚着水穿过柔软的"绿毯"到了船边,但最后一步却绊了一下,胯骨猛地撞到了船的一个角,很疼。

"破船!"

她生气地踢了一脚船,船的尖头朝前穿过芦苇滑进了水道中,向前漂去。船桨滑落下来,落进了一片灯心草中。

杜拉一开始吓傻了,呆呆地站着,然后她去捞船桨,但小船慢慢地向着水道的那一头漂去,越来越远。

"停!"她一边喊一边蹚着越来越深的水追了过去。突然,她发现自己踩不到地面了,两只脚在水中扑腾,她刚大喊了一声"胡纳先生",整个人就几乎要被水淹没了。

在听到杜拉的喊声之前,莫里茨就已经闻到了危险的气息。他大步飞奔过来,跳进水中,把拼命挣扎扑腾、快要被淹没的杜拉救了起来。这时小船已经漂了很远,它很快就被水流卷走了。杜拉紧紧地抱着莫里茨,不停地咳嗽、干呕、抽噎。"我……我不是故意的!我只是轻轻地踢了船一下!"

莫里茨把她抱到岸上,帮她挤掉头发上的水。

"我还没给你擦干呢。"他说,"别哭了!"

杜拉还是在哭泣:"现在你的船没了。还有你的鞋子和其他东西。你肯定要一辈子生我的气了……"

"我没有生气。但是如果你还哭个没完,我马上就要生气了!我们得想办法穿过森林到马路上去拦一辆车。一会儿别人看见两个湿漉漉的人从森林里跑出来要求搭车,肯定会很惊讶的。走吧!还有很远呢。"

莫里茨往前走去,径直走向森林深处,杜拉努力紧紧跟在他

身后。莫里茨不停地回头,帮着杜拉跨过倒在地上的树木,把她抱过长满芦苇的沟渠和黑乎乎的沼泽地。杜拉不哭了,只是轻轻地呻吟着。

"你怎么了,杜拉?你怎么一瘸一拐的?让我看看!"

杜拉的脚在流血,她被一株莎草划伤了。莫里茨检查了她的伤口,然后把她背在背上。

"我对你来说是不是太重了,胡纳先生?"

说着杜拉又开始哭了,莫里茨干脆停了下来,等她不哭了才继续往前走。

杜拉心里很过意不去。

"胡纳先生,你觉得船现在到哪儿了?"

"不知道。明天早上可能就到匈牙利了。"

"说不定会有一艘轮船上的好心船员捡到它,把它交到失物招领处……"

"船不重要。重要的是我们七点的时候要给你家里打电话,免得你爸爸妈妈担心。"

"可是你连打电话的钱都没有,胡纳先生!你的钱在钱包里,

钱包在船上,而船很快就到匈牙利了。"

"如果我们能找到一个让我们搭车的司机,他会借钱给我们打电话的。"莫里茨说。他看了看表,加快了脚步。

太阳已经西斜。虽然天空还很明亮,但是在茂密的湖畔森林里,即使白天也有一些光线不足,现在则更是笼罩在一片昏暗之中。莫里茨加快了速度,时不时有一些障碍阻挡他的脚步。有一次他一脚踏进了及膝深的、长满杂草的沟渠中,还有一次他一只脚完全陷进了沼泽中。

杜拉突然害怕了,因为莫里茨还没有走出森林,反而越走越进入密林深处。

"胡纳先生?你能闻出来我们走的路对不对吗?我是说,你能不能闻出来,我们是不是在朝着马路的方向走?"

莫里茨点了点头,又看了一眼手表,时间是六点半。

十五分钟之后,他找到了一条林中小道,这条小道通向了一条大路。七点多一点儿的时候,他们终于站在了路边。

他们站了很久。傍晚的空气已经很凉了,杜拉冻得瑟瑟发抖。

第十四章　莫里茨又感冒了

第一辆车开过去了。驾驶席的男人盯着他们看,就好像见了鬼一样。第二辆车里是两个上了年纪的女人,她们看到莫里茨和杜拉满脸惊讶,车子已经开了过去,但又刹住停了下来。开车的女人摇下了车窗,莫里茨还没开口,她就开始厉声道:

"您是什么人?您带着这个小孩儿在干吗?"

"我们的船漂走了……"莫里茨说,"您能不能拉我们一段?到最近的电话亭就行,我们得给家里打个电话。"

"您这样的我不能拉!"那个女人说,"把孩子送过来!我们送

她回家。您可以走了,去找您的船。来吧,孩子,上车!"她打开了车门。

杜拉紧紧地依偎在莫里茨身边。她一条腿站着,受伤的脚悬空。

另一位女士提议说:"干脆送到最近的警察局吧,希尔德加德!我们把他们交给警察。"

"好的!我们完全同意。"莫里茨高兴地说。他把杜拉抱进车里,自己也想跟着上去,但是名叫希尔德加德的严厉女人不同意。

"别坐那儿,年轻人!您坐到前面,我旁边!谁知道您这样的人能干出什么事来?说不定会从后面一锤子砸到前面人的头上,或者用手枪指着别人的脑后……"

杜拉愤怒地喊起来:"胡纳先生可不是那样的人!"

另一位女士插话说:"你不用那么夸张吧,希尔德加德?他哪儿有地方藏锤子和手枪?我觉得他的模样也不像坏人。"

"我确实不是坏人!"莫里茨发誓。

希尔德加德摇了摇头:"一个湿漉漉的光脚男人在傍晚突然

"狗鼻子"莫里茨

出现,拦下两个手无寸铁的女人说要搭车,该怎么对这种人,我心里有数。他要么坐我旁边,要么就别上车。"

"那我也不上车!"杜拉说着就准备下车。

莫里茨把她按回座位上,自己绕到车的另一边去,和另一位女士换了座位,他坐在了严厉的希尔德加德身边。车子开动的时候,他系好了安全带。这是一辆旧车,开起来颠簸摇晃,发出很大的噪声。

另一位女士——态度友好的那一位,给杜拉披了一条暖和的毯子,还给她受伤的脚缠上了纱布。

"你不用担心。"她轻声说。

"我不担心。"杜拉也同样轻声地回答。"您能借我们一点儿钱打电话吗?她……"杜拉指了指前面,压低声音说,"她肯定不会借给我们的。"

"哦,她会的。她就是鲁莽一些,但是心地善良。"

鲁莽——杜拉又收集到一个新词,她要把它记住。

那位和蔼的女士用眼瞟了瞟莫里茨,小声问杜拉:"他是你的亲戚吗?"

"不是。我们住一栋楼。"

"哦,陌生人啊。那你的父母怎么会同意呢?"

"才不是陌生人呢!"杜拉大声说,莫里茨也听到了,转过身来。"有时候大人真的很笨!"杜拉被激怒了,她喃喃自语道。

"你说得对。"那个和蔼的女士笑了,"你叫什么名字呀?"

杜拉说了自己的名字、地址和电话号码。她还说,莫里茨名叫胡纳·莫里茨,是个邮递员,他们是朋友。杜拉没有提他的鼻子。

他们在崎岖的路上一直往前开。天色渐暗,希尔德加德打开了汽车大灯。

"我可以关上窗户吗?"莫里茨问。

"您是想闷死我吧?我需要透气。"

"但是他很冷!"杜拉喊道。她准备把身上的毯子给莫里茨。

"他冻不死的!"希尔德加德说,"这么一个不负责任的人,带一个孩子出来玩,还把小船给弄丢了,这样的人应该好好冻一冻。"

"那不是小船,是艘折叠皮划艇!"杜拉说,"而且也不怪他,

171

"狗鼻子"莫里茨

是我把船弄丢的。还有您,您鲁莽,让人讨厌……"

莫里茨转过身,伸手捂住了杜拉的嘴。

"我说的是实话!"莫里茨的手一松开,杜拉就嘟囔着说。

颠簸的小路一直通向了一条公路,视野中终于出现了一些房屋,到处灯光闪烁。他们在一家旅馆门前停下来,打听最近的警察局。两位女士准备把她们捡到的两个"弃儿"交给警察。

警察同意让杜拉先打电话,好让她爸爸妈妈放心。莫里茨也给他妈妈打电话报了平安。最后警察答应把这"两只鼻涕虫"——警察是这么称呼他们俩的——用警车送回家。

第二天,莫里茨病了。杜拉中午放学后知道了这件事。莫里茨感冒了,头疼、嗓子疼、发烧,卧病在床,但是胡纳太太不让她去看莫里茨。

外面下着雨。杜拉闷闷不乐地坐在窗台上,看着外面湿漉漉的小花园。"他生病都是我的错,阿曼达!不光是因为那条漂走的小船,而且他还不得不背着我走路。"杜拉叹了口气,感觉一切都糟糕透了。

两个双胞胎弟弟从蓝色帘子那边手脚并用地爬过来，嗷嗷地叫着扮演小熊。他们在玩动物园游戏，杜拉不得不扮演熊妈妈。两只"熊宝宝"把"妈妈"的毛发弄得乱糟糟的，还围着她蹦蹦跳跳。接着杜拉又演了狮子妈妈、猴子妈妈、飞机、火车头和登月火箭。她已经想好了，要做八天的好姐姐、好女儿。

当杜拉没有耐心再陪阿克扫托的时候，她就去楼房管理员的屋子里，把施特卢普斯带出来散步。她很想念莫里茨，但她除了等待莫里茨康复，什么也做不了。

还有一个人也在等莫里茨，杜拉已经在附近碰到这个人很多次了。他冲杜拉点头，甚至微笑，就像一个老熟人那样。一天，这个人跟杜拉说话了，他问："最近怎么样啊？"杜拉没有回答，因为她不想跟"鼹鼠"说话，但是她现在几乎已经不怕他了。

星期五，胡纳太太过来，告诉她莫里茨的病已经有所好转了。胡纳太太说，昨天半夜的时候，莫里茨打了一个喷嚏，一个声音巨大的喷嚏，就像大象喷鼻子发出的巨响——窗户被震得咔咔响，房间门也被震开了。然后，莫里茨就退烧了，今天杜拉可以在门厅里远远地跟莫里茨打个招呼。

"狗鼻子"
莫里茨

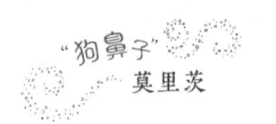

杜拉带着阿曼达上去了。阿曼达的好处是,它可以替杜拉说出那些她不敢说的话。比如,她想说她会赔那艘漂走的折叠皮划艇。她愿意放弃所有的生日礼物和圣诞节礼物,一直到攒够钱为止,就算是需要几年也可以。

莫里茨从床上坐起来,开心地冲她挥了挥手。

"嗨,杜拉!你还好吗?"

杜拉站在门口,也向莫里茨挥挥手:"我很好。你呢,胡纳先生?"

"我也很好。我妈妈跟你讲了昨天晚上的喷嚏了吗?我的鼻子又变好了,变得跟原来一样了!你可以祝贺我了,我终于摆脱了神奇鼻子!"

胡纳太太并没有告诉她这些。杜拉愣了一秒钟,才问:

"你开心吗,胡纳先生?"

"特别开心。"

"那我也特别开心!"她背靠着门框,坐在门槛上,"其他人是不是很快就会知道了?"

"希望是,越快越好,特别是那些'鼹鼠'。我想能像以前一样

踏踏实实地睡觉。"

杜拉想了想。

"你的莉亚娜小姐不能在报纸上再登个说明吗？就说你的鼻子又恢复了……"

"我的莉亚娜小姐，"莫里茨说，"她只对我超常的鼻子感兴趣。对正常的鼻子她没有兴趣。"

"她这样可不好。"

"没错，她这样很不好。"莫里茨表示同意，"你得走了，杜拉。这里到处都是病菌，我可不想传染你。你明天再来找我吧。"

"要不要我把阿曼达留在这里陪你，免得你太孤单？"阿曼达从门口飞了过来，落在莫里茨的床上。

"谢谢！"莫里茨对着正在关门离去的杜拉喊道，"别忘了明天见！你过来我很高兴。"

杜拉没有等到明天就又来了。她有件重要的事必须要告诉莫里茨。这件事她不能忍到明天再说，她要让莫里茨今晚就睡个好觉。

"狗鼻子"莫里茨

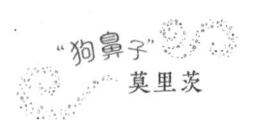

刚才从四楼下来的时候,杜拉去楼房管理员那里接施特卢普斯。它见到杜拉开心极了,发出乞求的呜呜声,后腿激动地乱蹬。

"别高兴得太早,施特卢普斯!今天我不会松开绳子的。要是那个人对我做什么,你就咬他,或者大声叫,吓住他。"

杜拉朝公园的方向走去。每经过两座房子,施特卢普斯就会停下一会儿。它在哪儿停下,杜拉就跟着它停下来。当杜拉看到那个男人走过来的时候,不知道该高兴还是该害怕。

那人用两根手指轻轻敲了下自己的帽子以示致意。杜拉也回应了一下。施特卢普斯发出威胁的咕噜声,杜拉把它拉到了自己身边。

"它爱咬人吗?"男人问。

"特别爱咬人。"

"哦,这样啊。"男人笑了,轻轻地挠着施特卢普斯的头。这招很讨施特卢普斯喜欢,它不仅不叫了,鼻子里还发出享受的声音。"最近怎么样啊?"男人问,"我们的朋友胡纳到底去哪儿了?好久没见到他了……"

"他在床上躺着呢。他生病了,而且他也闻不到气味了。"

"你说什么?"男人停下手说道,"别给我编故事啊,小姑娘!是他让你来跟我这么说的吧……"

"不,是我自己来的。这不是编故事。他的鼻子现在跟您的鼻子、我的鼻子、所有人的鼻子都一样了。真的。"杜拉看着他的眼睛,目光坚定地说。

"你没有撒谎?"他问。接着他自己回答:"不,她没有撒谎!但是怎么会突然这样呢?"

"不知道是怎么回事!"杜拉说,"他的特异功能是从感冒以后开始有的,现在又以感冒结束了。开始和结束的时候都打了一个大大的喷嚏,像大象喷鼻子发出的巨响。"

"哦。"男人说。

"拜托您把这件事告诉其他几个人,好吗?"杜拉问。

"什么其他人?"他开始装傻了,"没有其他人。我不知道你在说什么。"

"您的朋友们,那些'鼹鼠'。"

"哪儿有鼹鼠!你快走吧,小家伙,不然我要生气了!"

"狗鼻子"
莫里茨

他转过身,快步走掉了,几乎是拔腿就跑。

施特卢普斯在他身后狂叫。

傍晚的时候,杜拉上楼去了胡纳家。

她轻轻地按了三下门铃。

胡纳太太还在蓝天鹅饭馆。莫里茨穿着拖鞋走到门厅,打开门说:"别离我太近!等一会儿,我去躺回床上,你就站在门口。"

"我只是想跟你说件事!那些'鼹鼠'已经知道了。你可以睡个安稳觉了,胡纳先生!"

她讲了今天下午发生的事。

莫里茨没有说话。他沉默了好一阵,直到杜拉小声问:"我又做错什么了吗?"

"没有。你干得很漂亮,但是你太不小心了,杜拉!'鼹鼠'可不是好惹的。"

"那个人还行。他一点儿都不凶。他喜欢孩子,我想,他也喜欢狗……"

现在杜拉本来可以走了,但是她在门口晃来晃去,两只脚不

安地乱动。这时候她真希望阿曼达在身边,帮她问出她不好意思问的话。

"嗯,胡纳先生……"

"你心里还有什么话吗,杜拉?"

"我能不能……能不能叫你莫里茨?"

"当然可以!我们第一天认识的时候我就这么提议了。在楼梯上说的,你忘了吗?"

"没忘,但是当时我还叫不出口……"

"现在呢?"

"现在可以了。"杜拉深深地吸了一口气,然后又长长地吐了一口气,"晚安,莫里茨!再见,莫里茨!明天见,莫里茨!睡个好觉,莫里茨!"